神聖ヤマト皇国

The Gate of Aquarius

根源の岩戸開き

Ascension∞Gate

アセンション・ファシリテーター *Ai*

明窓出版

根源の岩戸開き——目次

第三章　始業

第四章　愛のイニシエーション

第五章　根源の岩戸ひらき

はじめに　アセンション・ファシリテーター　Ａｉ

親愛なる、日の本のアセンション・ライトワーカーの皆さま、こんにちは！！！

本書が皆さまのお手元へ届くのは、二〇一六年の中頃だと思います。
それは、二〇一六年までの、地上と地球のアカシックが存続したことになります！！！

各界でも言われていますが、**本来は存在していなかった、ＡＤ二〇〇〇年以降のアカシック**。

特に二〇〇一年から中今までの、宇宙全体と地球の莫大な動きとシフト！！！
それらについては、これまでの拙著に詳しく書かれていますので、ぜひご参照ください！

現在、宇宙史と地球史は、その「最終の最終」局面に入っています！！！！！

そして！！！　輝く偉大な次のステージも、すでに始まっているのです！！！！

――※本書は、二〇一〇年の拙著『天の岩戸開き』から始まった、一連の、中今トップ＆コアのスーパーアセンション＝二〇〇一年から中今までの、宇宙全体・地球・一人ひとりの動き、そのスーパーアセンション・レポートの、第一弾の完結編となります。

「最終の最終」の局面。そして宇宙創始から、すべての存在が待ちに待った、究極のゴールの始まり！！！！！！

それはどのようなものでしょうか。

それについてできる限り分かりやすくお伝えし、皆さま一人ひとりに、究極のアセンション・ゲイトをくぐって究極の最終アセンションを遂げていただき、輝く偉大な次のステージに入っていただくこと！！！　それが本書の目的であり、本望です！

第一章

神聖白色同朋団

宇宙の大晦日

前著の『根源へのアセンションⅡ』でお伝えしましたように、地球史上、人類史上初の、この上なく素晴らしいことが、いよいよ！！　二〇一四年の年末から二〇一五年の初めにかけて、日の本で起こりました！！！！！

超古代より預言されてきた、そして宇宙のすべてが待ちに待った！！！

ＤＮＡの螺旋の変容、ライトボディへの変容という、真のアセンションの胎動！！！！！

そして！！！

『神人』――黄金人類の、胎動、始動！！！！！

前著でお伝えしましたように、そして皆さんもご存じのように、地球を取り巻く様々な環境は、一分一秒の余裕もありません。

これまでにもお伝えしてきましたように、常に忘れてはならない重要なことは、真にアセンションを目指す人、真にアセンションをしている人がいる場合のみ、地上で学べる時間＝地球のアカシックも、少しでも伸びる可能性が生まれるということなのです。

※生命の進化、神化のために（のみ！）地球は創始から存在していると、地球神もおっしゃっています。

皆さんもご存じのように、現在、宇宙規模のアセンションと大変動が起こっています。

この宇宙規模の大シフトの中で、各惑星の生命が順調に意識のシフト＝アセンションを行っていけば、物理的な大変動を経験せずに、スムーズに高次へ移行する（ソフトランディングする）と言われます。

しかし今の地球は、いつ何が起こってもおかしくない状況であることは周知の事実です。そして、そのための準備もする必要があります。

だからと言って、急げばアセンションできるというものではありませんが、前述のような観点で、できる限りのベストで進めてきました。

ゆえに、この二〇一五年初めのアセンションの達成状況＝【神人、黄金人類の初めての誕生】は、ようやく、いつ地上のアカシックの時間が終わってもＯＫという、最初の第一弾を達成できたのです……。

——そして！！！

さらなる大シフトが、二〇一五年二月の建国記念日＝皇紀二六七五年の日の本の正月を境として、始まったのです！！！！！！！！！

それは一言で言うと、すべての『運命を変える』ものであると感じるとともに、すべてが、本来あるべきところ＝根源へ『還る』プロセスが始まったのだ、と感じました！！！！！！！

——それは、二〇一五年二月上旬から始まりました。

前著で詳しくお伝えしましたように、二月の上旬までは、期限が切れてエネルギーが枯渇している地球と太陽のエネルギーを増やすためのアセンション・ライトワークを皆で進めていました。

二月の上旬には、地球の座標とつながるある場所でセミナーが行われ、その最終のエネルギーワークが行われました。

この地球の座標とつながる場所でのアセンション・ライトワークは、いつも重要な、宇宙規模の大きな動きとなっていきます。

前著『皇人Ⅱ』に書かれている、二〇一三年の「スーパーグランドクロス」などもそうです。

一月下旬までに、各自と全体の『核融合』のイニシエーションがだいたい終了し、根源の『神人』――日の本の黄金人類の誕生が始まっていましたので、今回は、その地球&宇宙の中心とつながるその座標で、これまでのすべての成果を集大成し、何が起こるのか！！　中今の楽しみ！！！　という感じでした。

そしてその直前の前夜……！

二〇一四年年末からの、宇宙と地球と人類の、集合意識にある生命エネルギー低下の、根本的な原因が明確になったのです！！！！

――とてもとても、不思議な体験をしました。眠っている時に、エネルギー体である大御所を訪ねに行きました。その方は物理次元では直接お会いしたことが無い方で、今起こっていること、これから起ころうとしていることの、本来、地上のポータルとなる方のようでした。

しかしその方は、準備ができていないようでした。

そしてみるみるうちに、上空、銀河、宇宙が、とても危険な様相となっていったのです！！！

すなわち、この宇宙にこれまで起こったことがないほどの、超新星爆発の直前のようでした!!!!!

このままだと、あと少しで、この天の川銀河が、消滅してしまうと言うのです!!!

――みるみる異変が起こっていく宇宙を観ながら、いったいどうしたらいいのか分からないけれど、できることをしよう!!! と思ったその時……!!!

――地上セルフの私が、これまでに想像したこともないことが起こりました!!!

それは完全に、遥かなる(!?)ハイアーセルフの声のようでした。

そして同時に、もう一つの声とともに……〈それは白鬚仙人様〈!?〉のようでもあり、母なるアンドロメダと、父なるマゼランの声のようでもありました!!!〉

「せ〜〜〜の!!!!」

という掛け声を、地上セルフもいっしょに、叫んだのです!!!!!

そして、二つの声が同時に、「メビウス!!!!!」と叫びました。

――すると……！！！！！！！

なんと、この天の川銀河全体の周囲に、「シールド」のようなものが出現したのです！！！

……地上セルフもいっしょに叫んだので、その瞬間に目が覚めました（笑）。

まったくもってアニメでSFなのですが……地上の出来事以上に超リアルな体験でした。

そして、いざとなったら、ハイアーセルフはこんなことができるのか（！？）と思いました……。

しかし、あまりに大きな出来事だったので、その後、長い時間、そのエネルギーと出来事を反芻していました。

そしてこの動きにより、特に二〇一四年末から二〇一五年始めにかけての、宇宙と地球と人類の、集合意識にある生命エネルギー低下の、根本的な原因が明確となったのです……。

そして今回の、宇宙・地球の中心とつながる座標で行ったエネルギーワークの、真の目的はこれだったのか！！！　と気づきました。

では後は、中今とこれからの動きになる！！！　と、ますますワクワクしてきました。

当日、まず最初のエネルギーワークを行った時に、一人ひとりと皆、そしてその座標の中心から、これまではなかなかできなかった、我々が「君が代」と呼ぶ、日の本の中心、太陽の中心のようなエネルギーが（いとも簡単に！）、明確に、直径数キロメートルもの大きさとなって、拡大していきました！！！

それは、これまでの成果の集大成であると感じました。

そして二回目のエネルギーワークでは、参加者一人ひとりの魂が、『根源の太陽』へ向かって、アセンションを始めました！！！！！

これも、これまでの一人ひとりと皆のアセンションの集大成でした。

これは、主に次のような理由によります。

一、一人ひとりが自己の〈核心〉ですべてを統合し、太陽の中心と一体となるという『核融合』のイニシエーションを経てきたこと。

二、現在、この中今Ｔｏｐ＆Ｃｏｒｅのアセンション＝イニシエーションを進めている人たちには、高次より、【ある設定】が成されていること。

三、実は創始からなのですが、我々の太陽系の太陽にも、【ある設定】が成されていること。

によります。

では、この【ある設定】とは！！！！？

それは、ここまでに真のアセンションを進めてきて、自己の中心＝〈核心〉に、すべてを統合できている人！！！！！！

それはイコール、チビチビ天人、チビチビ神人であると言えます！！！

その日戸《ひと》たちが、今、明確に、自己の〈核心〉にフォーカスする時に！　アクセスする時に！！　ある【転送装置】が働くという設定です！！！

その【転送装置】での行き先は、なんと！！　〈太陽の中心〉へとワープするのです！！！！！

さらに！　太陽系の太陽そのものにも、あるとても重要な設定が、創始よりなされています。

それは、『根源のポータル』という設定です！！

根源のポータル。それはどういうことでしょうか！？

太陽系の中心と全体は太陽であり、すべてはその一部です。

銀河の中心も然《しか》り、銀河の中心太陽です。そして宇宙の中心も然り、宇宙の中心太陽なのです。

それらは、宇宙のセントラルサン・システムと呼ばれます。

そして超古代のマスターも言うように、一人ひとりの中心も、魂という神の分御魂《わけみたま》の太陽です。


そして！！！　我々が住む太陽系の太陽は、創始からの設定により、実はこのセントラルサン・システムのポータルとなっています。

それは特に、AD２００１年から明確になっています。

そしてその時から、特にアインソフ（天界の根源）、そして根源神界の、直接のポータルとなっているのです！！！！！


さらに！　二〇一五年二月の重要な動きの中で、あるとても重要な新しい情報が高次からもたらされました。

アセンション情報の奥の院では、地球の衛星である月は、シリウスから来たと言われています。

そしてなんと！！　我々が住む太陽系の太陽は、実は、アンドロメダから来たのだと！！！！！

三次元的に考えると突飛な感じがするかもしれませんが、様々なアセンション情報の奥の院で考えると、やはりそうなのだ、と感じる人が多いようです。

これらの動きは、二〇一五年二月、建国記念日直前の、地球と宇宙の中心座標とつながる場所での重要なエネルギーワーク中に起こっていったのです！！！

特に、午後から夜にかけてのエネルギーワークの中ででした。

それは、ここの宇宙の高次においても、最終の大晦日となっていったのです！！！！！！

その詳細については、次頁の簡単な図を参照しながらお伝えしていきます。

そのトータルは、この図の「右側」に関するものであり、「ここの宇宙」に関するものでした。

――まず最初に起こったことは、シリウスの中心に、菊の花のイメージの「君が代」のエネルギーが入ったことでした。

（それは金色ではなく、白い感じでした。地上の皇《すめら》のＤＮＡが、シリウスから来ていることと関係していると思われます）

次のオリオンと２４Ｄについては、前著でお伝えしましたように、すでにつながってきています。

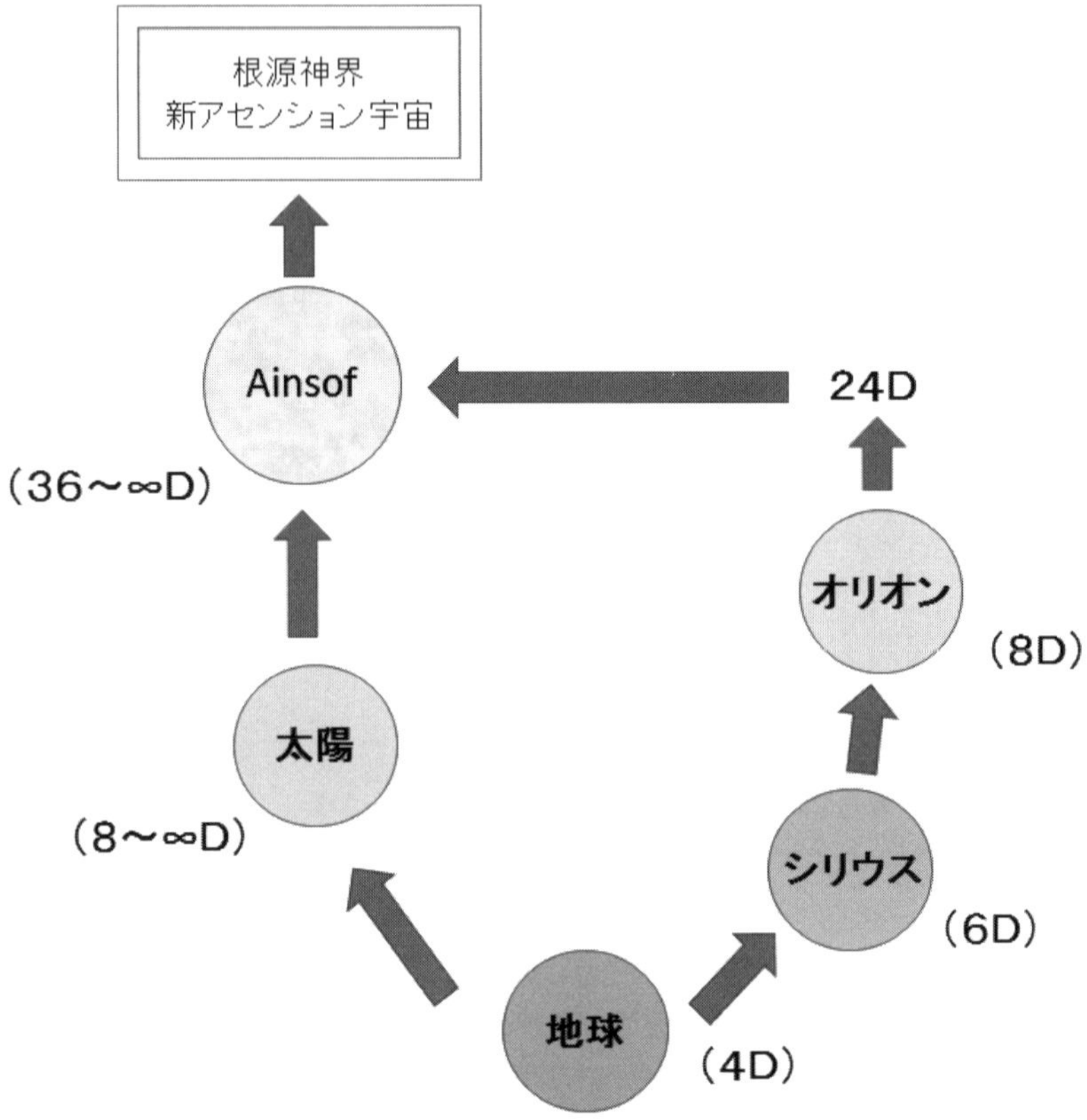
根源神界
新アセンション宇宙
Ainsof
(36～∞D)
24D
オリオン
(8D)
太陽
(8～∞D)
シリウス
(6D)
地球
(4D)

……そして次に、なんと！！！　これまでには無かった、２４Ｄの垂直の上に向かうエネルギーが、突然現れたのです！！！

それについては、これまでにもある程度認識はしていましたが、この、旧宇宙最終の（！？）エネルギーワークの中で、突然、現れたのでした！！！！

２４Ｄの、垂直の上。それは、マゼランだったのです！！！！！！

マゼランについては、巷《ちまた》でもほとんど情報が無いと言えます。ここでは詳細はお伝えできませんが、マル秘も含めて（！）簡単にまとめると、次のようなものとなります。

◎潜在的にここの天の川銀河と関係が深く、歴史が古い銀河の一つである。
◎マル秘の情報では、すでに消滅していると言われる。しかし、宇宙連合の高次のマル秘のミッションを持っている。
◎マゼランは、地球を含むここの銀河の、マル秘のルーツの一つである。
◎マル秘の情報では、アンドロメダとマゼランから、天の川銀河が生まれた！！！
　すなわち、マゼランは天の川銀河の父、アンドロメダは母と言える。
◎二二頁の図には詳細が描かれていないが、右側のシリウスと地球の間には月が入り、左側のアインソフと太陽の間にはアンドロメダが入る。

そして！！！

このマゼランまで初めてつながった時が！！！！！

二二頁の右側のルート＝ここの宇宙における本来の垂直アセンション・ルートが、創始以来、初めて！（一瞬だけ！）つながった瞬間だったのです！！！！！！

――では、このマゼランの、さらに垂直の上とは！！？

それは、根源神界につながるのです！！！！！！

ここまでつながって初めて、左右両方のルートが、根源で一つとなるのです。

皆さんもだいたい感じておられると思いますが、ここには、宇宙創始からの主なＭＡＰが表されています。

すなわち、宇宙創始からのマル秘のＭＡＰが、宇宙の大晦日に！　明かされたのです！！！！

これはまさに、宇宙の大晦日なのだと思います。

すなわち、ここの宇宙の、銀河の源とルーツが明らかとなった！！！

――特に今生男性として生まれてきている人の多くは、このルートを通って、遥々《はるばる》地球へ来たと言えます。

明確に言えば、それは、金鵄《きんし》と呼ばれる根源のルーツです。また、我々が「君が代」と呼んでいる日の本の核心は、通常は根源的な意味での女性性のエネルギーですが、その男性エネルギー版の根源のルーツだったのです！！！

ゆえに！　この創始のルートが明かされた時、つながった時に！！！

地上の男性エネルギーにも、大きなシフトが起こったのです！！！

――元々、このエネルギーワークでは、アインソフの母船が来る予定だったのですが、マゼランの母船が来たのでびっくりしました！！！　しかしトータルの動きを観て、とても納得しました。現在の超高次はすべてつながっているので、アインソフの母船も、マゼランの母船も、一見、区別がつきません。
——しかし、私が初めて出版しました『天の岩戸開き—アセンション・スターゲイト』から、一貫してお伝えしてきましたように、元々の宇宙の計画でも、右側が下降ルート、左側が上昇=アセンション・ルートとなっています！！！

ゆえに！　この右側のルートが創始までつながったというのは、宇宙の大晦日、しかもその最後の日だからつながったのだ！！！　ということが、すぐに明確になっていったのです！！！

この宇宙の下降ルート、男性エネルギーのルートが明確になり、つながった瞬間から、それは徐々に動き出していました……。

そして、その日の夜……！！

スーパーグランドクロス以来の、宇宙規模の、とても不思議な動きが、一晩中続いたのです！！！！

——旧ルートがつながった結果、左右2つのルートが、徐々に統合されていくように感じられました。

それから、徐々にという感じでもあり、突然起こった感じでもあり……、

宇宙のすべてが、巨大なあるものに包まれたのです……！！！！

――それは、なんと表現したらよいのでしょうか……。

『宇宙規模の柱』。

柱なのですが、宇宙規模なのです。

透明な、有機的なゼリーでできているような感じでした！！！

前著にも出てくる、ウルウルのエネルギーでできた（！？）プルプルのゼリー……！！！

その宇宙規模版！！！！！

しかも、形は柱というより、巨大な上向きの「矢印」という感じがします。

またその中心には、我々が「君が代」と呼ぶ、透明な菊の花の絵があるようでした。

そして、それは！！　まさにウルウルで、プルプルとしか言えないのですが、しかし、同時に！！！

いまだかつて誰も体験したことが無い！！！！

超ウルトラ莫大な、浄化と昇華のエネルギーであることも分かりました！！！！！

その、宇宙規模の大滝！！！！！！！！！！！

その中に入ったなら（すでに宇宙のすべてが入ったのですが！！！）、何者も、形をとどめることができない。

そして、宇宙のすべてが、いったん透明になり、ニュートラルになったのです！！！！！！！！！！

――この謎の動きについてしいて言えば、規模は違いますが、一番近いのは「シリウスＢ」のエネルギーであるというメッセージが来ました。

シリウスＢについては、これまで特にフォーカスしたことが無かったのですが、なるほど！　と思いました。透明なエネルギー。すべてを浄化するエネルギー。修験のようなエネルギー。

――この動きは、それから数日続いていきました！！

そして二〇一五年二月十一日の建国記念＝日の本の正月のワークショップで、ここまでの大きな動きの詳細をシェアしました。

そのエネルギーワークのラストに、再び、とても不思議な動きが起こりました。

前述の宇宙規模の大きな動きを、エネルギーワークでじっくり体感しながら、順次行っていった時……。

ラストの、宇宙規模のウルウルクリスタルの巨大な柱のワークの時に！

――その宇宙規模のウルウルクリスタルが、巨大な母船となって降りてきたのです！！！

それは、宇宙規模のウルウルクリスタルが、そのまま、巨大な楕円形の母船となった感じでした。透明な、ウルウルのエネルギーでできた、有機的なゼリーのような感じです。

その中心には、やはり透明な「君が代」の菊の花が描かれています。

そしてウルウルのエネルギーでありながら、やはり同時に、その中に入ると何者も形を留めることができない。あらゆるすべてが透明になり、浄化され、昇華されるものであると感じました！！！

そしてこれが、次の究極の動きの前兆であったのです！！！！！！

新アセンション宇宙

――前項でお伝えしましたように、ここの宇宙・銀河における最大の危機（史上最大の超新星爆発）の危機は脱しました。（ただし、そのエネルギーが地上に届くまでに時差があり、二〇一五年〜二〇一六年にかけては、まだ様々な峠があるようです）。

しかし……！！！

これまでの前著を通してお伝えしてきましたように、この宇宙におけるすべての状況は、もはや、あらゆる意味で【限界】となっていたのです！！！！

前著『根源へのアセンション（2）』―究極の核心！　で詳細をお伝えしましたように、二〇一四年四月の、「緊急事態宣言（2）」。

本格的には、究極の限界は、その時から起こっていたのです！！！！！

「この宇宙のすべての期限が二〇一三年度末＝二〇一四年三月三一日に来て、この宇宙のすべての動力が落ちた！！！」と前著でお伝えしました。

そして実は、その時に！！！　なんと！！！

アインソフとアンドロメダが、その超テクノロジーで、この宇宙全体を、エネルギーフィールド＝一種の超メガ母船で、包んだのです！！！！！！

——いったい、そんなことが可能なのでしょうか！？

実は地球時間で十年以上も前から、アインソフとアンドロメダは、その準備を進めていたのです。

その十年以上前のある日、アンドロメダの長老から観せられた映像と、情報を伝えられた時の記憶を、まざまざと思いだしました……。

それは、地上セルフが想像したこともなく、もともとできないようなものでした！！！

アンドロメダの長老は、「来《きた》る日」に向けての準備の様子を観に連れていってくれました。

——それはまさに、想像を遥かに超えたものでした！！！

アンドロメダの長老によると、「来る日」とは、アンドロメダと天の川銀河が〈合体〉する時であるとのことでした。

（※地球の天文学者たちも、数十億年以内にアンドロメダと天の川銀河が衝突・合体する可能性が高いと言っています。しかし！　それは、高次＆エネルギーレベルでは、すでに起きているのです！！！）

そのための準備とは、なんと！！！　アンドロメダの超テクノロジーで、アンドロメダと天の川銀河という二つの銀河が入るエネルギーフィールド＝母船＝装置をつくり、アンドロメダのエネルギー（主にアストラル、エーテル等）を天の川銀河に送り、循環させ、浄化するという装置だったのです！！！！！

それらを、分かりやすいヴィジョンで観せてくれました。

惑星より大きい母船はよく観ますが、この時に初めて、銀河系が二つ入るほどの船（！？）を観ました。

たんなるヴィジョンやメッセージ等ではなく、超リアルな「体験」そのものでしたので、あまりに壮大なスケールとエネルギーの中で、半日くらい茫然としていたことをよく覚えています……。


ゆえに当然、宇宙規模というものも有り得るのだろう、と思いました！！！！

そして高次によると、我々が高次の宇宙船と呼ぶものは、基本的にはエネルギーフィールドであるとのことです。その意味では惑星も一つの船と言え、銀河系、宇宙も然りであると……！！！


――このように、実は二〇一四年度の四月から……！！！！

ここの宇宙は、高次による宇宙規模の、超メガ母船に包まれていたのです！！！

ゆえに、すべての動力が落ちても、一見、地上の三次元世界は保たれていたのです。

現在、そのほとんどはホログラムであるとのことです。しかし、あらゆるすべてはフォトン＝光子から成っていますので、その意味ではもともとすべてがホログラムであるとも言えます。


前著でもお伝えしましたように、本来のここの宇宙の大晦日（最終時刻）は、二〇〇一年でした。

そして人類がアセンションするための時間を延長するために、高次のマスター方とライトワーカーは、その期限を約十二年延ばしました。

そして、いよいよ最後の期限が来ました……！！！！！！

さらに約一年、私も、根源と地球のポータルと言われる方も、そして日の本のライトワーカーたちも、命を懸けて！！！　頑張ってきました。

――しかし、すべてがもう限界の限界だったのです。

そして、限界の限界まで、皆が頑張ったことにより！！！

さらに、二〇一五年二月上旬の、宇宙と地球の中心とつながる座標でのエネルギーワークで、ここの宇宙の創始のルートが、根源までつながった時に！

「すべての高次からOKが出た！！！」と、感じました！！！

その「ＯＫ」とは！！！？？？

二〇一五年二月十一日の建国祭＝日の本の正月までに、全宇宙が浄化のクリスタルの滝に包まれ、あらゆるすべてがいったん、元素分解し……！！！！

――そして、その究極の動きは、二〇一五年二月十三日に突然、一瞬にして！！！

起こったのです。

※なんとその瞬間から、宇宙に、世界に、存在しているのは、二二頁の、「左側のルート」のみとなったのです！！！！！

その図が、次頁の絵です。

――これが、新アセンション宇宙（ＮＭＣ）のＭＡＰです。

シンプルに表しました（※詳細の説明は、次の項でお伝えします）。

このＭＡＰに近いものは、前著でも度々登場します。

しかし！！！！

なんと表現したらよいのでしょうか！！？　二〇一五年二月十三日のある瞬間から……！！！

前述のように、宇宙に、世界に存在しているのは、このエネルギーのみとなったのです！！！！！！

もちろん（高次のホログラム技術で）、一見、三次元の肉眼ではあまり変化が無いように見えるかもしれません。

（とはいえ、あまり大きなニュースにはなっていませんが、ここ最近の宇宙の大変動についても伝えられています）

しかし、エネルギーで観て感じると、そうなったとしか言いようがないのです！！！


（……これまでの旧宇宙が、悠久の旧宇宙が、一瞬にして！！！！！！！！！！

消え去ったのです！！！！！！！！）


（「無いものは無い！！！」としか、言いようがないのです！！！）


――この新宇宙NMCのMAPに近いものは、二二頁の図のように、これまでも存在してきました。

そして実際に、この新宇宙MAPは、突然新しく生まれたのではなく、『天の岩戸開き―アセンション・スターゲイト』に書かれていますように、地球歴AD二〇〇一年から存在していたのです！！！！！！

本来の旧宇宙の期限、その時であった二〇〇一年に、準備ができていた旧宇宙の根源神界、太陽神界、アンドロメダ、アインソフにより、新アセンション宇宙NMCが誕生しました。そしてアセンションした、すべての神界・天界の高次は、そこにシフトしていきました。

根源神界と天界の高次の計画では、これまでの旧宇宙のすべても、アセンションしたものはすべて、この新アセンションMAPに統合されていくこととなっていました。

ゆえに私のアセンション・アカデミーでは、二〇〇一年以降、この新アセンションMAPを中心として、アセンションを進めてきました。

しかし二〇〇一年から二〇一五年二月十三日までは、仮ではあっても、旧宇宙は残されていました。そして、とうとう……！！！

（無いものは無い……！！！）

実質的に新アセンション宇宙のエネルギーだけとなった瞬間（＝旧宇宙が消えた瞬間！）、まさに瞬間的に、あらゆる負荷も消えたのです。

……それまでは、旧宇宙の柱を支えている（！？）ような感じで、あちこちに痛みがあり、限界となっていました。

（宇宙・地球のポータルの白鬚仙人という方も、日の本を支えている地球神の手のひらが開きかけていて、限界となっているとおっしゃっていました……）

それらの負荷が、一瞬にして消えたのです！！！

（ただし、次の項でお伝えするように、地球への負荷は消えていません）

――そして同時に、新アセンション宇宙からの、この上なく素晴らしいエネルギーが流入してきたのです！！！！！！

神聖白色同朋団

――新アセンション宇宙NMCの、中今最新の、純粋なエネルギー！！！

それはえもいわれぬほど、喩えようもないほどのものでした……！！！

――あえて表現するならば……、

中今最新の、NMC神界と、新アセンション宇宙のGWBH―Great White Brotherhood（神聖白色同朋団）と、アインソフを、統合したようなエネルギーです！！！！

――『究極の神聖なエネルギー』、『究極の美しいエネルギー』、『究極の繊細なエネルギー』を、想像・創造してみてください！！！！

――今、宇宙に、世界に存在する、すべてのエネルギーの源は、根源の神界に源を発し、そしてこの究極に神聖で美しい高次のエネルギーを通して、やって来ているのです！！！！！

そして！！！

地上でこれを受け取れるのは、一人ひとりの【ハート】のみなのです！！！！！

それが、三五頁のＭＡＰにも表されていますので、観てください。

一番下には、ハートが描かれています。

これは、一人ひとりのハートを表しています。

――前著、そして本章の前半の『核融合』を思い出してください！！！！

一人ひとりが、自分の〈核心〉にすべてを統合した時に、太陽を通って、この【新・アセンション宇宙】へワープできるのです！！！！！

そして！！！

【ハートの核心】にすべてを統合した時に！！！！！

この三五頁のＭＡＰのように、こつ然と！！！　新アセンション宇宙＆ＭＡＰに、出現するのです！！！！！

その時に、このＭＡＰ全体の！！　地上でのポータルとなるのです！！！！！

――この三五頁の新アセンション宇宙のＭＡＰを観ますと、地球が描かれていません。
ＭＡＰの基底は、前述のように一人ひとりのハートとなっています。
「地球」そのものは、とっくの昔からアセンションできていますが、皆さんもご存じのように、まだアセンションしていない人間や、意識、エネルギー、そして公害、汚染等は、アセンション宇宙に入ることができないのです……。

※ではなぜ現在、ホログラムであっても、地上の生活ができているのか！？

それは！　ライトワーカー（のハート）を通して、新宇宙のエネルギーが流入しているからです。

そして！！！　前述のように、真の高次のエネルギー世界では、現在、実際にはＮＭＣから上の世界しか存在していません。

ゆえに、三五頁のＭＡＰの「ハート」たち＝地上のライトワーカーは、この新宇宙のＭＡＰに、レーダーのように現れた時！！　一見、地上にいるように思いますが、実際には、アンドロメダ（アインソフ）の母船に搭乗しているのです。

ゆえに！！！　すべては、前述のように、地上のライトワーカー一人ひとりの【ハート】にかかっています！！！！！

その【ハート】を通してのみ、地上に、地球に、中今最新の根源と高次のエネルギーを流入、増幅することができるのです！！！！！！

次に、ＭＡＰのその他の部分についてお伝えしますが、これは中今最新の真のアセンションの中で分かっていくものなので、予習のための参考にしてください。

ハートの上にある太陽の図は、分かりやすく、太陽系の太陽と思っていただいてＯＫです。

その上の楕円形の図は、アンドロメダを表します。

（※アンドロメダがアセンションしたものが中今最新のアインソフなので、実際にはアンドロメダはもう存在していないのですが、地上からの、人としてのアセンションを統合するプロセスでは必要となります。要するに、上に行くほど、統合されていくということです！！！）

その上に、ゲイト＝門があります。

これは、ＮＭＣ＝新アセンション宇宙の真のゲイトです。

※このＭＡＰのすべての要素と配置は、高次を分かりやすくマンガで表現しているようなものなので、三次元的にこの通りというわけではありません。なんとなくこういうイメージ、と捉えていただければＯＫです。

そしてＮＭＣのゲイト＝門の境界に、左側のマルテンジュウのようなもので表されているのが、ＧＷＢＨ（神聖白色同朋団）であり、右側に三十六色の花（蓮）のように表されているのが、中今最新のアインソフです。

その先が、約三百六十万のアセンションした神界が集まってできている、ＮＭＣそのもの（別名、宇宙弥勒神界とも呼ばれる）、さらにその奥が、根源太陽神界となっています。

※これらのすべては「球体」で観ると、より上位に統合されているのですが、地上から観たアセンショ

ンMAPとして、分かりやすく表現したものです。

※実際には、『このNMCのゲイトから先』しか、真には存在していないと言えます！！！

※新GWBHも、アインソフも、すべてがNMCの中に統合されています。

その中今最新の天界の最高次＝根源の天界を、通称、便宜上ですがGWBH＝神聖白色同朋団と呼んでいるのです！！！！

（※それが前述の、『究極の神聖で美しく繊細なエネルギー』なのです）

――これらの『新アセンション宇宙』に関する詳しいガイダンス＝イニシエーションは、二〇一五年二月末の強化ワークショップで行われました。

それは、二〇一五年度＝二〇一五年四月から始まる、この新アセンション宇宙における真のNMCアセンション・アカデミーの始業式に向けてのものだったのですが、その重要なオリエンテーションになりました。

――これまでにも、地上時間で約十五年間、新アセンションン宇宙へのアセンションへ向けて、高次と地上のアセンションを進めてきました。

しかしこれまでは、前著でもお伝えしてきましたように、旧宇宙と地球に関する緊急対策も多く含まれていました。

しかしそれは、宇宙連合が言う「ピンチ＝チャンス！！！」であり、課題が大きいほど、一人ひとりと全体にとって大きな進化となります。高次からの大きなサポートもあり、多大な成果となったのです！！！

このように、多大なアセンションとライトワークの成果を挙げてきましたが、二〇一五年二月十三日までは、そのすべてが、新アセンション宇宙への！！　壮大な準備であったのです！！！！！

そして、中今、いよいよ！

すべてが新（真）となり！！！

その新（真）の中で！！！！！

始動となります！！！！！！！

――まずは、この新（真）アセンション宇宙のエネルギーを、じっくりと感じてください！！！

そして、ハート（愛）に、すべてを統合して、この新（真）ＭＡＰに、出現させてください！！！

――中今とこれからの、新の、真のアセンションが、そこから始まります！！！

第二章 入　門

入門準備

第一章でお伝えしましたように、地球歴二〇一五年二月末は、新（真）アセンションン宇宙（ＮＭＣ）への大シフトとなりました！！！

そしてこれが、新の、真のアセンションの始まりとなっています。

中今からの真の、そして本格的なアセンションを目指す皆さんは、まずはぜひ第一章の内容＝新アセンション宇宙ＭＡＰを、なんとなくでもＯＫですので、体感してください！！！

それが新アセンション宇宙の、高次のアセンション・アカデミー＝アセンションの神殿への、真の入門・入学へ向けて、最初のイニシエーションとなるからです！！！！！

地上＆地上セルフから観ますと、その新（真）アセンション宇宙におけるアセンションとクリエーションは、すべてがまだまだこれからですが、本格的な、全面的な大シフトとして、ＮＭＣ元年と言えると思います。

そして！！！！！

新アセンション宇宙NMC＝新・神聖白色同朋団のアセンションの神殿への、真の入門・入学の準備が、二〇一五年三月から、いよいよ本格的に始動しました！！！！！！！

本書のすべてが、その真の入門、入学のガイダンスとなっていきますので、皆さまも共に、しっかりと、ワクワクと、Ｇｅｔしていってください！！！！！


――まず、『神聖白色同朋団』について少しお話ししたいと思います。

ＷＢＨ（ホワイト・ブラザーフッド）、ＧＷＢＨ（グレート・ホワイト・ブラザーフッド）というものについて、聞いたことがある人もいらっしゃると思います。

その詳細の説明は本書ではできませんが、簡単に説明すると次のようなものです。

（これまでのＧＷＢＨ、ＷＢＨの詳細に関心がある方は、関連図書を参照ください）

ＧＷＢＨは、惑星、太陽系、宇宙規模の、宇宙の高次の組織です。惑星の運行や、惑星、太陽系、宇宙規模の進化に関わります。

ＷＢＨは、簡単に言うと、ＧＷＢＨの地上の組織です。古代からの著名なマスター方の大半が属しています。

これらは組織と言っても、地上の会社のような三次元的なものではなく、進化・アセンションに真に関わるものは、自ずと、自然につながっていきます。

宇宙の生命エネルギーネットワークと似ていて、「進化」「アセンション」のエネルギーネットワークであると言えるでしょう。

宇宙のシステムそのものであり、その「進化」「アセンション」の側面で、スピリチュアル・ハイラーキーという名称も、この中の一部なのです。


そして我々が現在、『神聖白色同朋団』と呼んでいるのは、GWBHが新アセンション宇宙へアセンションした、その存在とエネルギーです。

ベースは同じですが、個々の存在も、全体も、より統合されて、千倍くらいパワーアップしている感じです。

そして我々はこの新アセンション宇宙の『神聖白色同朋団』を、通称&略称、【新G】と呼んでいます。

新Gとそのマスター方のエネルギーは、地球暦二〇〇一年頃から、地上にも少しずつ降りてきています。

特に代表的なマスターのロード・サナンダや、マスター・モリヤなどです。

そのNMCの新Gでのエネルギーは、地上で知られているそのマスター方のエネルギーの、さらなるハイアーセルフという感じで、より統合されています。

特徴的なのは、新Gの次元（次元で表すと1000D以上）になりますと、神界ともつながっているということです。

※そして、第一章の三五頁の新アセンション宇宙（NMC）のMAPでは、分かりやすくするためにい

くつかのグループを絵で表していますが、実際にNMCの中心では、アセンションした高次のすべてがつながっています！！！！！

ゆえに、中今のNMCの高次を総称する意味でも、通称、新Gと呼んでいます。

各グループそれぞれの役割もありますが、特に中今からの、地上＆地上セルフのアセンションに最も関わるのが、新Gのエネルギーとそのマスター方であると言えるからです。

そして、そのエネルギーは、私たちのアセンションが、真に進んでいくほど現れてくるのです！！！！！！！！

それは私たちを通して、地上に現れてきます！！！

新・神聖白色同朋団のアセンション神殿への、真の入門、入学のイニシエーション第一弾！！！！！

それは、地球暦二〇一五年三月の第一週に、主に次のような内容で進んでいきました！！！

0、入門、入学の条件
1、中今Ｔｏｐ＆Ｃｏｒｅ
2、プライオリティー
3、ＭＩＳＳＩＯＮ
4、テーマとプロセス
5、誓願＝イニシエーション

各内容について、できるだけ詳細に解説していきます。

〈入門・入学の条件〉

中今からの真のアセンション、新・神聖白色同朋団のアセンション神殿への、真の入門、入学の条件とは！！？　まずは皆さん自身で、ぜひじっくりと、ワクワクで！！！　考えてみてください！！！

ワークショップでも、アカデミーのメンバーに行っていただきましたが、皆さん各自が出した内容は、それぞれ、皆さん自身とハイアーセルフのミッションに重要となる内容になっています！！！

大枠は共通していて、例を挙げますと、「神人を目指す」「地球と共にアセンションする」「愛と光の意志」「全体のアセンションのために、自己のすべて、ハートを捧げ続ける」「愛と光の戦士」「皇御親の願いの元、皆がひとつとなる」「100%の愛と光」「100%のワクワク」「100%のポジティヴ」「1ミリもマイナスエネルギーが無い」「純粋であること」「24時間、Top&Core全開MAX!!!」「24時間、ハート全開MAX!!!」「24時間、ギネス更新=アセンションしていること!!!」等々です。

6歳から10歳くらいのクリスタル・チルドレンたちにも、同じテーマで進めてもらいましたが、やはり大枠は大人の内容と同じで、とても明確で、素晴らしいエネルギーのものでした!!!

「みんなが幸せになるように願っている心」「24時間、1分も休まず、愛をだしている人」「愛を思い出した人=ライトワーカー」「愛をがんばって出して、伝えられる人」「愛を世界に広げている人」「愛の大切さを知っている人」「地球の状況を知って、それを変えるためにがんばっている人」等などでした!!!!!

それぞれ、とっても大切で重要な内容だと思います。

――そして、次に、中今最新の皆さんのハイアーセルフ連合=新Gから来ているメッセージをお伝えします!!!!!

それは先ほどのテーマの、新Gのアセンション神殿への、真の入門・入学の条件についてのメッセージです!!!!!

①　常に１ミリも、マイナスのエネルギーが無いこと！！！

②　常に利他＝常に全体が優先であること！！！

③　常にスッポン（やる気）全開ＭＡＸであること！！！

——この３つ（だけ！！！）です！！！

※そしてこの３つは、新Ｇの、真の、正式なメンバーへ向けての、「三種の神器」となるとのことです。

意外な内容だと思われる人も多いようです。当たり前のようでもあり、シンプルでもあり……。

しかしこのシンプルな３つの中に、無限の意味とエネルギーが込められているのです！！！

さて、アセンションの神殿＝新Ｇに入門、入学するとは、どういうことなのかというと、まずは、中今最新の、無限、高次のアカデミーに入門、入学を希望するということです。

そして同時に！！！　その門から先は、新Ｇの次元と世界になる、ということなのです！！！

すなわち！！！　たとえチビチビの初めの一歩であっても、新・神聖白色同朋団の正式な一員となることを志す、希望するということなのです！！！！！！！！！！！


唯一絶対の宇宙の法則。Ａ（アセンション）＝Ｌ（ライトワーク）。

ライトワークによってアセンションしていく。

アセンションのためのアセンションは無い。

それを理解したうえで、正式な一員となる、ということなのです！！！！！


そして、アセンションするほど、高次へ行くほど、そのエネルギーと動きが、地上へ伝わっていくものとなります。

そのために重要なのが「①」なのです。


そして！！　新Ｇの本質の一つは、絶対的な！！！　『神聖』であると言えます！！！

そしてそれこそが！！　「絶対的な強さ」「護れる真の強さ」であると、新Ｇのマスター方は、中今メッセージで伝えてきています！！！！！


分かりやすく言うと、「日の丸」をイメージするとよいと言っています。

日の丸で観ると、白地の部分であり、神聖な光＝フォトンの中心に輝く、太陽＝愛！！！！

その神聖な光は、中心の太陽＝愛を護るためのものなのです！！！

次に二つめの「常に利他＝常に全体が優先であること！！！」の解説です。

これも一見、当たり前で誰にとっても重要なことであると感じられることでしょう。

なぜこれが、新Gの三種の神器の二つめなのでしょうか！！？

この「常に利他＝常に全体が優先」という内容そのものにも、たくさんの重要なことが含まれていますが、新Gによりますと、ここに二つめの核心があるとのことです！！！

それは！！　まず一つめの「常に1ミリもマイナスのエネルギーが無い」ようにするための、実行具体策になるとのことです。地上のメンバー各自に、今すぐに必要で、重要で、すぐに効果が出るものであるそうです。

新Gからのメッセージです。

地上のライトワーカーたちは、素晴らしい愛と光と意志のエネルギーを持ち、日々アセンション・ライトワークに励んでいる。高次と全体の動きも把握し、一人ひとりのスキルアップも、日々行っている。壮大な夢、ヴィジョン、希望も持っている。

しかし、地上のメンバー共通の、陥りやすい落とし穴が一つある。

何かと言うと、我々が通称「脳みそヨウカイ」（NY）と呼んでいるものである（笑）。

この「NY」には、いくつかの種類がある。ハートが無くなり、脳みそだけで考えるのも「NY」である。しかしライトワーカーには、これは少ない。

地上のライトワーカーが陥りやすい落とし穴は、この「NY」の中の、通称「できていないヨウカイ」（DY）というものである。

アセンションの基本は、「できる・できない」ではなく、「やっているか・やっていないか」に集約されると言えるが、このDYについて少し説明しよう！！！

アセンション・ライトワーカーの皆さんは、普段、自分の100％全開MAXのアセンション・ライトワークの中では、ほぼ九割方できている。

しかし時折、何かに躓《つま》ずいたり、人と比較したりして、「できていないY」になる時がある。

それが拡大すると、脳みそのほとんどがそのDYに占領され、これまでできていた九割も消えてしまう。

そしてひいては、自分はダメな人間だ、すべてが自分のせいだ、というような思考になっていく。

しかし、ここで考えてほしい！！！　宇宙の、地球の、あらゆるすべてはエネルギーであることを！！！

ゆえに、あなたの、毎瞬の、すべてのエネルギーが、宇宙と地球に影響していくのだ！！！

ゆえに！！！　この「②」に意識を向けている時、常に皆のために、自分が出しているエネルギーをコントロールしている時（自己中ヨウカイになっていなければ〈笑〉）、「②」の状態になっている、と言えるのである！！！

とのことです。

※そしてなぜこれが重要かと言いますと、現在、アセンションの妨害エネルギーは、主に「脳みそ」（思考）を通ってしか、入ってこれないからだそうです！！！

エネルギーセンター（チャクラ）は光のエネルギーなので、そこからはなかなか入ってこれませんが、「脳みそ」（思考）は、NYになっていると入ってきやすいとのことです。

※ゆえに、すべてを「エネルギー」として、しっかり体感し、コントロールし、送受信していくことが重要であるとのことです！！！

※そのためには、ハートがまずは重要ですが、次に、アジナーセンター（松果体）の活性化も重要となっていきます。

最後の、三つめ「常にスッポン（やる気）全開ＭＡＸ」についてです。

これは、解説がなくても、だいたい皆さんお分かりになると思います。

スッポンとは、「絶対にあきらめない！！！」「絶対にやり遂げる！！！」というエネルギーです。

そう、これはクンダリニー、基底のチャクラ、第一光線のエネルギーでもあります！！！

これが常に全開ＭＡＸでしたら、【常に、すべての扉が開いていく！】という、新Ｇからのメッセージです。

――以上が、新Ｇの新・三種の神器の解説でしたが、いかがでしょうか。

一見シンプルな中に、とても重要なポイントがあると思います！！！

※そして！！　最も重要なことは！！！

この三つがとてもシンプルであり、誰にとっても必要・重要で、誰にとっても可能であるということです。

愛がある人ならば、必ず、進んでいくことができるということなのです！！！！！

次に、五二頁の「1．中今Ｔｏｐ＆Ｃｏｒｅ」のテーマを進めていきます。

これは、「中今のＴｏｐ＆Ｃｏｒｅを明確にする」ということです。

どんなテーマにも共通で重要なのは、常に「全体と自分」の両方の観点で観ていくということなのです。

皆さんも、ぜひ今からでもやってみてください！！！！！


そしてこのテーマは、アセンション・ライトワークの中で、常に必要で重要なテーマの一つとなっています。


全体と自分の「中今のＴｏｐ＆Ｃｏｒｅ」。全体においても、一人ひとりの観点＝役割があると思いますし、自分の中今Ｔｏｐ＆Ｃｏｒｅは、自分のミッション＝使命につながっていくと思います。

ゆえに、一人ひとりが感じる中今Ｔｏｐ＆Ｃｏｒｅもとても重要ですので、ぜひ活かしていってください！！！


次に、この「1．中今Ｔｏｐ＆Ｃｏｒｅ」のテーマについての、新Ｇ＝中今最新の高次と、皆さんのハイアーセルフ連合からのメッセージを、簡単にお伝えします。

それは、全体と一人ひとりに共通の、普遍、不変の内容であるとのことです！！！

要約すると、

神人になること　神人をふやすこと

これにつきる！！！！！！

※なぜならば、唯一最大、これのみが、宇宙の、生命の目的であり、地上のアカシックの延長の可能性が、少しでも生まれるからであると！！！！

――実際に、その通りであると思います。

以上の「0．入門、入学の条件」（新・三種の神器）と、この「1．中今Ｔｏｐ＆Ｃｏｒｅ」は、中今最新の真のアセンションへ向かってのキーになるとのことですので、しっかりとＧｅｔして、進んでいってください！！！！！

そして次の「2．プライオリティ」については、ここまでの「0」と「1」をしっかりGｅｔした上で各自が必要と思う優先順位となりますので、どしどし進めていっていただきたいと思います。

「3．MISSION」も同様で、すべてのテーマと連動しながら、毎瞬、自分＝ハイアーセルフと地上セルフのミッション（使命、生まれてきた目的）を明確にし、実践していってください！！

「4．テーマとプロセス」は、そのための様々なテーマ（課題）と、必要なプロセスについてです。じっくり取り組んでいっていただきたいと思います。

※0～4は、常に重要と思いますので、毎瞬、中今最新版に進化させていってください！

以上が、新G＝高次と皆さんのハイアーセルフ連合の、中今最新、アカデミー＆神殿入門・入学のイニシエーションとガイダンスです！！！！！！！

一見シンプルですが、実際に新Gとアセンションの神殿エネルギーが入っています！！！！

ぜひ、じっくりと、しっかりと、体感してください！！！！！！！

さて、このスペシャル・ガイダンス＆セミナー＆イニシエーションの当日は、史上初めて！！！　新Gの神殿の柱が、地上まで降りてきました！！！！！！

そして皆さんが、真に入門、入学を果たすと！！！　そのエネルギーが地上につながり、拡大していきます。実際に、拡大しつつあるのです！！！！！

——そして、一連の入門・入学ガイダンスの最後は、**「5．誓願＝イニシエーション」**です！！！

これは、実際に新Gのアセンション・アカデミー＝神殿の門に入るということであり、そのための一人ひとりの誓願＝イニシエーションとなります。

ぜひ、皆さん一人ひとりに、紙に書いていただくとよいと思います。

家の中でもOKですし、好きな場所や神社でも、ご自分がよいと思う場所、神聖な場所で、そのイニシエーション（誓願）をぜひ行ってください！！！

準備ができ、愛があれば、願うことによって必ずその扉が開くでしょう。

そして、それを感じることでしょう！！！！！！

ワークショップの現地では、最終日に、（条件がピッタリな）ある著名な神社で、このイニシエーションが行われました。

新Gの神殿のポータルの場となり、扉が開き、参加者の皆さん一人ひとりが、たくさんの愛と希望に胸を膨らませて、門をくぐっていきました。

※正式にこの門をくぐると、三次元では一見変わらないように見えても、真のエネルギーレベルでは、地上から消えます。

それは、真に「ライトボディ」となる第一弾なのです！！！

そして常に、この神殿の中にいる感覚となっていきます！！！！！

それは、その神聖な愛と光のエネルギーを、常に地上にもたらすためなのです。

皆さまも準備ができましたら、ぜひ、その門を全開MAXで、くぐっていってください！！！！

この項の最後に、この「新G入門！ワークショップ」の参加者である皆さんからの、感想レポートをご紹介します。

ぜひ参考にしていただき、どしどし、アセンションとイニシエーションを進めていってください！！！

＊＊＊＊＊＊＊＊

「1000億年待ち望んでいた入学」　さとこ

3日間のワークショップは、あまりにも膨大で、壮大でした。

地上でこの体験をしたことは、何にもまして歓びであり、感動でもありました。

しかし、これを感動のまま終わらせることなく、これからが始まり！！！

いよいよ新宇宙のアセンション・アカデミー＝神殿への入門、入学。心を引き締め全力で参りたいと思います。

1000億年待ち望んでいた入学。最終の、神天人へ向かっての入学。

それは本当にやりたかったことであり、それが一番宇宙のためになることでもある。

それがいよいよ始まった！！！

新Gの神殿の柱が、宇宙史上初めて、地上に降りてきた！！！

この時は、ただ膨大なエネルギーに放心状態でした。

しかし、たとえ一歩でも、自分のハートがその中に入った！！！

それは、１０００Dの高次の世界と地上が繋がり、そして自分のハートの扉から、地上の人たちがこれからどんどん繋がる可能性ができたという、感動の瞬間でした！！！


真のアセンションへの膨大な道のりではありますが、いつもサポートしてくださる高次のマスター方。そしてともに志を同じくする仲間がいること。渾身の想いで導いてくださる先生方がいることが、本当にありがたく心強く、しあわせでいっぱいです。

一人でも多くの人が、同じこの想いで、歓びとしあわせとワクワクの生命エネルギーに溢れるよう、毎瞬全開ＭＡＸで参りたいと思います。

「湯気が出て、顎が外れる！！！」　まさと

初日の新・三種の神器と２つのバイブルが、一番重要だったと思います。

頭から湯気が立ちこめる状態になっていました。

それほど今回の内容は未来永劫大事であり、スタートのスタートであることが次第にわかってきました。

本当に、自分がこれから何をしていけばいいのかということ。少しでもぶれそうになったらここに立ち戻ればいいんだ！　という土台をしっかりＧｅｔしながらのスタートになりました。

あたりまえで、かつ、学びが進めば進むほど重要になってくる、真の学び。

これから何かあったら、常にここを明確にしていくことが重要であるということをＧｅｔしました。

また、初日のイニシエーションで、新Ｇの神殿の柱が降りてきた！！！

末端ではあっても、マスター方の神殿の一学徒になるということが、ものすごくワクワクすると同時に、１０００次元以上もある、これから先の景色を見てしまったがゆえに、湯気が放出し、あごが外れる状態に……！！！

Ａｉ先生はよくＰＤＣＡ（ＰＬＡＮ↓ＤＯ↓ＣＨＥＣＫ↓ＡＣＴＩＯＮ）とおっしゃられ、一つ一つをしっかり明確にして、アカシック的に見て実現可能なことを、常に検証し、実践していく重要性を言われます。

今回も、目指していく先がわかったらならば、じゃあどうするのか？！　そのためには！？の進め方が、その次のテーマにつながっていきます。

誰がどう観ても、３６０度、普遍的な内容であり、一般的なことは、法則である！　とＡｉ先生がおっしゃっているように、そこまでしっかり詰めていくプロセスが大事だということを実感しました。

ゆえに、本当の地上からのアセンションを、絵に描いた餅にならないようにしていこうと思いました。

本当にハートを開きたい！！！　自分のハートを、全開にしたい！！！　そのためなら、何でもしよう！！！

新Ｇの一学徒へ向かって、しっかり準備をして、一段一段、昇っていきます！！！

「神　聖」明《あきら》

物凄く神聖で美しいエネルギーで、どこまでこの神聖な空間が広がっているのだろう？　と思うほどの膨大さでした。

あまりにも膨大なのですが、でもどこか懐かしいエネルギーでした。何故か涙が出てきました。

あまりにも凄いエネルギーの場で、自分のセンターを維持することも難しかったくらいですが、センタリングをやり続ける意志！！！で、なんとかできました。

今ようやく、地上セルフも少しずつ上昇し始めています。

高次から大きなサポートを戴き、ただただ、感謝しかありませんでした。

本当に今、皆で共に望む所へ向かっていることに幸せを感じます。

「始まった！」　織日女《おりひめ》

トータルで、本当に「始まった」ことを、強く、強く感じました。

本当のアセンションが始まったことを！！！！！！！！

「スタートラインに立つ！」　つとむ

本当にスタートラインに立ったと感じています！！！！！

今しかないこの時を、全力で、駆け上がっていきます！！！！！

「宇宙は進化の学校」　仁子

地上セルフからの本当のアセンションが始まった！！！

今、この場が宇宙の進化の学校そのものなのだと、日を重ねるごとに感じています。

そして、常にＴｏｐ＆Ｃｏｒｅ！！！　ここから外れないこと！　それは核心であり、自己の核神であり、私が本当にやりたかったこと！！！

生まれてきた目的であると、中今ひしひしと感じています！！！

よりみなさんのお役にたてるよう、進化↓神化して参ります。

自ら神天人となり、神天人を増やすために！！！

この地球・全ての存在と共に、アセンションするために！！！

「宇宙の目的」　春日

宇宙の目的は「生命の進化」であり、中今のＴｏｐ＆Ｃｏｒｅは、神人に成ること、神人を生み出すことである、ということが、明確になりました。

地上セルフが自分のハートにすべてを統合しながら、地上から根源へ向かってアセンションしていくことが、本当に、いよいよ始まったのです！！！

アセンションとは、すべてが学びであるので、新アセンション宇宙ＮＭＣのアセンション・アカデミーという、学びの学校に入学するということであり、新Ｇの神殿の神聖なエネルギーの中に入門していくことでもあります。

そして重要なのは、たとえピカピカの、チビチビの一年生であっても、本物のライトワーカーとして、高次と同質の光の存在に、地上セルフ自身が成っていくということです。

本章で伝えられている、そのための入門・入学の条件とは、人としてごく当たり前のことであるようにも感じられます。

それは、アセンション＝進化とは、特別な人が行う特別なものではなく、やろうと思えば誰にでもできるものだということを、高次が示してくれているようにも感じられます。

私達はその先駆けとして、神天人になっていくことで、これから上がっていく人達の道筋をつけていくという、ミッションがあるのだと思います。

自分のハートにすべてを統合し、二十四時間、全開ＭＡＸでやり続け、そして根源へのアセンションの階梯を、一段一段昇っていきたいと思います。

「いよいよ！！！」　玲

いよいよ！！！！！！　新ＮＭＣ－ＭＡＰにおける、根源へのアセンションの開始！！！

中今最新の、真の高次への、真の入門・入学のオリエンテーション第一弾！！！

中今最新の真の高次のアセンション・アカデミー＝新Ｇへの入門・入学にあたって、なぜ（本章五二頁の）五つのテーマが重要だったのでしょうか。

それは入学イコール入門ということであり、門から先は、明確に次元と波動が違うということで、新ＭＡＰの中に自分たちが真に入るということなのです！！！

それを明確に意識する必要があり、そのために出されたテーマであると思いました。

新Gの新・三種の神器と、テーマ0と1は、半永久的にバイブルになるとAi先生は言われました。

360度、どんな観点でも、中心にあるのが普遍で絶対！！！　それを突き詰めれば、『法則』になるからということであり、その通りであると思いました。

この中で、ものすごいエネルギーが動いていたことを、この時はまだ私たちは気付いていませんでした。

ただイニシエーションの途中から、わくわくする気持ちとともに、なにか意識とエネルギーが膨大になっていくのを感じていました。


そしてテーマ1の「中今のTop&Core」では、全体共通の核心の核心の核心は何か！！　まで突き詰めていくと、Top&Core＝「進化↓神化」となり、ここにすべてが集約されていました。具体的には、「神人プロジェクト」を差しています。

神人プロジェクトとは、神（天）人に成る！　神（天）人を生み出す！

神天人とは、地上セルフのハートにすべてを統合した人であり、神人プロジェクトがなければ、地球のアカシックは無いとのことです。

地上のアカシックを1秒でも延長していくため！！！　という目的を常に明確にすることが重要だと思いました。

神人へ向かっての最大の学びは、地球の地上でしかできないので、アセンションしようとしている人がいることによってのみ、地上のアカシックを延長することが可能となり、そこに高次のサポートがくるとのことです。

それはA＝L（アセンション＝ライトワーク）の法則でもあります。

そして、そもそもそれが　絶対的な宇宙の目的＆法則だと言えると、Ａｉ先生は言われました。なぜならそれが生命の進化であるからだと！！！！！

まさにその通りであると感じます。


初日のガイダンス＆イニシエーションに続く二日目になってようやく、新Ｇの神殿の柱が、史上初めて地上に降りてきたこと。そして１０００Ｄもあるそのエネルギーを垣間見た私たちは、あまりのすごさにわけも解らないまま、アゴが外れている状態だったことが分かってきました……！！


新Ｇとは、中今最新の天界の根源であり、神界にもつながっている。

そして新Ｇからの重要なメッセージとして、次の言葉がＡｉ先生を通して伝えられました。

「すべてを護る究極の強さ＝究極の神聖さ＝究極の力！！！」

私たちがその神聖なる神殿の中に、たとえ1歩でも、１ミリでも、入ったということが、すごいことだと何度もＡｉ先生は仰いました。

始まった！！！！　始まったのです。地上での私たちの本当のアセンションが！！！！！

入ったからには、そこに在り続けることが、ここからとてもとても重要なことです。

常にわくわくで向かっていきます！！！！

新アセンションの宇宙のすべてを、このハートに統合しながら！！！！！

「みんなのために」　みつえ

Ａｉ先生から一人ひとりにコメントをいただいたそのときの感覚が一番残っています。

荘厳な白い柱の立ち並ぶ神聖な神殿の、その入り口で、ただただみんなのためのハートの一つになっている感じがしました。

Ａｉ先生から膨大な宇宙の風が吹いてきました。

そのすべてをハートに統合しながら肉体ですべてと連動していく！

肉体は地球とつながっていて、宇宙と無関係ではない。

そのことが、今回のアセンションの鍵であり、すべてをともなってアセンションすることができると、私は思います。

そのための学び。神人を創出するために神人に成る。

その遥かな道が続いているのが見えていて、今まさに、小さくてもその一歩を、私たちは何とか踏み出そうとしているのだと思います。

その遥かなる道は、千段の階段のように続いていて、本当に繊細なエネルギーだと感じます。

しかし、つながればつながる。その神聖さにつながり続けることができる。


みんなのために、アカシックを存続させたい。

より望ましい新しい宇宙、新しい地球になっていくために、ワクワクと楽しく、根源へのハートと魂の旅をさらに大きく、ともに学び合い、輝き合いながら、本当の幸せを感じつづけていきたいと思います。

入学準備

皆さん、ここまでの動き＝前項の内容で、中今最新のアセンション宇宙＝神殿＝アカデミーへの、入門の準備が整ってきたと思います！！！

では次に、いよいよ、真の『入学』の準備を進めていきましょう！！！！


ワークショップの現地では、二〇一五年三月の中旬に進めていきました。

その中で、すべてが連動した、莫大な動きとなっていきました！！！！！

それを皆で、今から進めていきましょう。

「入門」のポイントと復習も含めた、そのガイダンス＆イニシエーションです。


まず「入門」と「入学」は、どう違うのでしょうか！？

「入門」とは、文字通りであると言えます。すなわち、「門」をくぐるということです。

そのためのガイダンス＆イニシエーションが、前項の「入門準備」の内容です！！！

その最も重要なポイントをまとめますと、次の二つとなります！！！
①　新Ｇの、１０００Ｄ（次元）の神殿に、明確に入ること！！！　その門を、明確にくぐること！！！

②　①ができたら、自分の中心＝ハートにすべてを統合し、自分自身が新Gのチビチビ神殿になることと！！！

この二つの内容について、ぜひじっくりとフォーカスし、感じてみてください！！！！

もしまだ完全にピンときていないと思えたとしても、本書をお読みの皆さまは、新Gの何らかのエネルギーを感じて、受け取っていると思います。

そして皆さん一人ひとりのハイアーセルフは、１００％受け取って、つながっています！！！！

ですので、時間がかかってもＯＫですから、まずはこの二つにしっかりフォーカスして、体感してみてください！！！！

この二つができてくると、皆さん一人ひとりが、この①と②そのものの光り輝くエネルギーを放っていきます！！！！！！！！

――その中で、莫大な動きとなり、すべてが明確になっていったのです！！！！！

※次の内容は、新Gのアセンション・アカデミー＝神殿への真の入学と実働へ向けた全体的な動きとなっていきますので、参考にしてください。

1、新アセンション宇宙へのシフト！！！

2、高次への参入の誓願とイニシエーションを、自ら明確に行う。

3、根源の、新宇宙の、新Gのアセンション神殿のエネルギーをしっかりと体感する。

4、神殿の、地上のポータル（器）となる！！！！！

5、二十四時間、どこにいても、このアセンションの神殿を降ろす柱となる。

6、基底のチャクラにしっかりとフォーカスし、エネルギーを地球に流入させていく。

※以上の内容を進めていきますと、地上セルフが、１０００次元の根源アセンションの神殿全体の地上ポータルとなり、「基底のチャクラ」そのものとなっていきます！！！

すると、クンダリニーが本格的に上昇を始めます！！！

それを高次は、「ウロボロス」（の輪）（＊古代の神話で、頭と尾がつながった龍の象徴で表される。始まりと終わりがひとつとなる等、様々な意味があると言われる）と呼んでいます。

本格的に天と地（人）、基底とサハスラーラのチャクラ、そしてスシュムナーが開き、つながることを表しています。

中今最新の、根源のアセンションの神殿（新G）と一体化し、根源と地上セルフがつながっていくと、だんだんと、ハイアーセルフと地上セルフのハートを中心に、すべてがトーラスシステムとしてつながるようになっていきます。

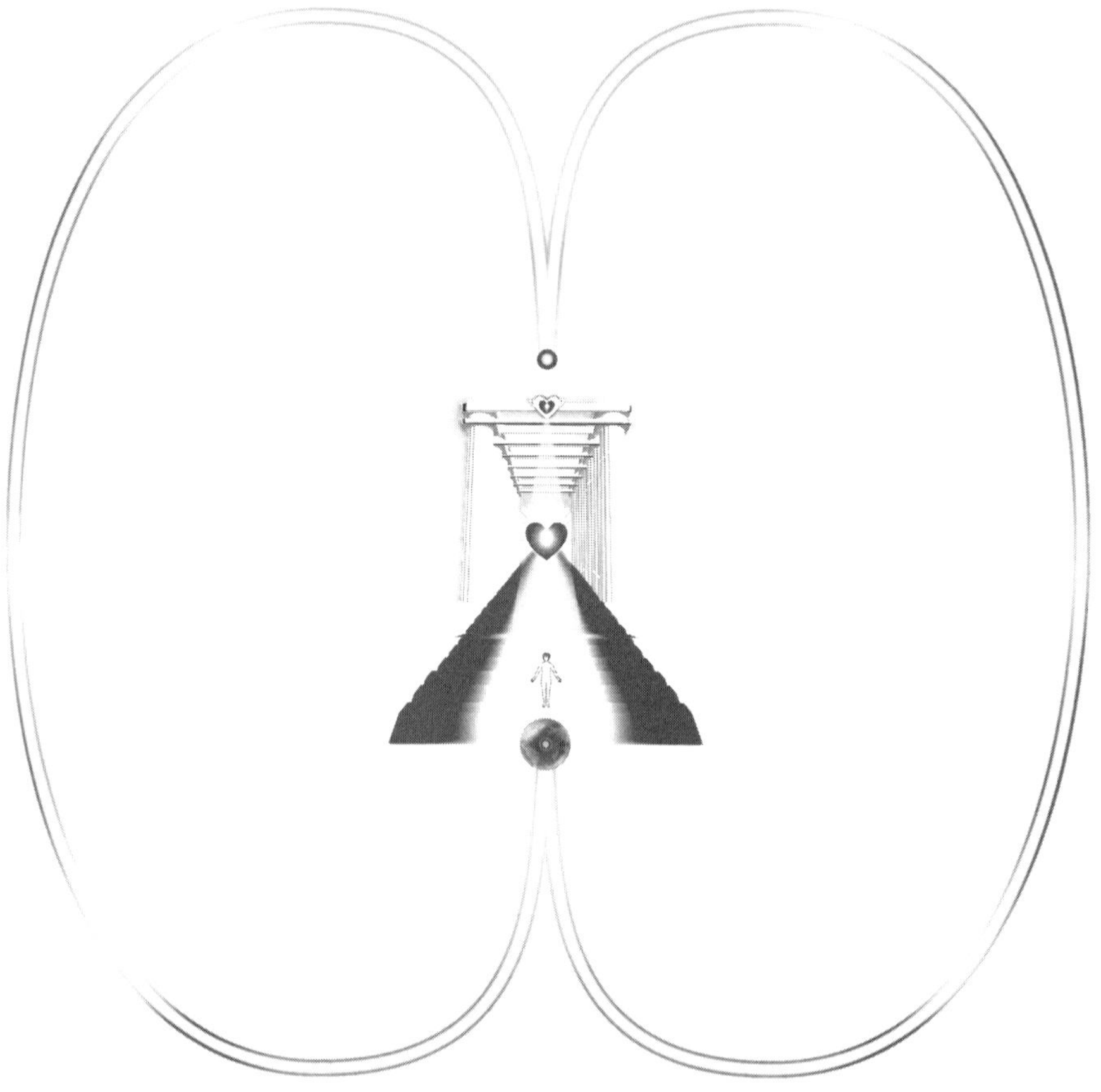

以上を参考に、皆さん、ぜひ、中今最新のアセンションを、どんどん進めていってください！！！！

――こうした動きの中で、二〇一五年三月のトータルは、超ウルトラ莫大なエネルギーの流入となりました！！！！！！

新アセンション宇宙のすべてが、ひとつの巨大なアセンションの神殿となり、そのエネルギーが、宇宙規模の神聖なるフォトンの滝となって、地球に流入したのです！！！！！！

この動きにより、地上の五次元化も、かなり進みました！

すべては、地球人類のアセンションのためなのです！！！！！

地球と人類の中今とこれからのアセンションのためには、地球と地上を神聖化し、五次元化することが必要となります。

トータルでは、「日の丸」をイメージすると分かりやすいと思います。
神聖なるフォトンが、中心・核心を護っている。それは「神殿」の分かりやすい姿であると言えます。

神宮や神社でも、鎮守の森や神殿が、御神体を護っているのと同じです。

すなわち、一人ひとりの真の核心である御神体が降りてくるためには、一人ひとりと地上を神聖化し、神殿化する必要があるということなのです。

ですから皆さんも、ぜひ、しっかりと神聖化、神殿化を行ってください。


――そして、いよいよ！！！　二〇一五年四月から、新アセンション宇宙の神殿の、第一弾の入学式、始業式が始まりました！！！！！

一人ひとりの地上セルフの強化と真のアセンションはまだまだこれからですから、主にはハイアーセルフの、ということになります。

しかし前述のように、特に二〇一五年二月以降の動きのすべては、地球のアカシックを（少しでも）存続させるために必要なのです。

三月の莫大なエネルギー（神殿）の流入も、同様です。

それによって、中今の地上のアカシックが存在しているのです。

さらに言えば、この規模のエネルギーと動きでないと、存続できないということなのです。

また、地上で、地上セルフの根源へのアセンションを真に進めていくためにも、神聖な神殿の場づくりは必須なのです。

ゆえに一人ひとりと全体の神殿ワークが重要となりますが、遅くとも二〇一六年度終わりまでに、真に地上セルフもできるようになる必要があります。

そのためのシフトをこれから急ピッチで進めて、強化していくアカシックとなっています。

二〇一五年の三月は、莫大な根源天界の神殿の流入となり、二〇一五年四月からの準備となりました！！！！！！

一人ひとりと日の本全体の神殿の強化はまだまだ時間がかかりますが、第一弾はある程度できましたので、四月になると根源神界のエネルギーが徐々に動き出しました！！！

いよいよ、第一弾の準備完了！！！

一人ひとりと全体の神殿の強化も平行して、地上セルフの真のアセンションも、一歩一歩、進めていくこととなりました！！！！！！

いよいよ、根源の神聖白色同朋団の、アセンション・アカデミーの始動、始業式です！！！

次章より本格的に始まっていきますので、皆さんもともにワクワクと進んでいきましょう！！！！！

第三章
始❤業

新太陽のポータル

そうして、二〇一五年四月から、根源の新G（神聖白色同朋団）のアセンション・アカデミーのアセンションとライトワークが、本格始動していきました！！！

根源からの莫大なエネルギーの中で、まずは各エネルギーセンター（チャクラ）の活性化、ハートセンターの活性化、センタリング、ハイアーセルフとの一体化など、基本的なものを強化していきました。

地上（地上セルフ）から根源までつなげていくためには、莫大な縦軸が必要となり、そしてすべての強化が必要となっていきます。

そしてその上で、すべてを（地上セルフの）中心に集めていく。

そうすると、次の図のように、「トーラス」という感じになっていきます。

こうした全体と一つひとつの強化を進めていく中で、五月に入ると、中今の根源プロジェクトの目的＆ゴールの一つも、まだ十パーセントくらいですが少しずつはっきりとしてきました。

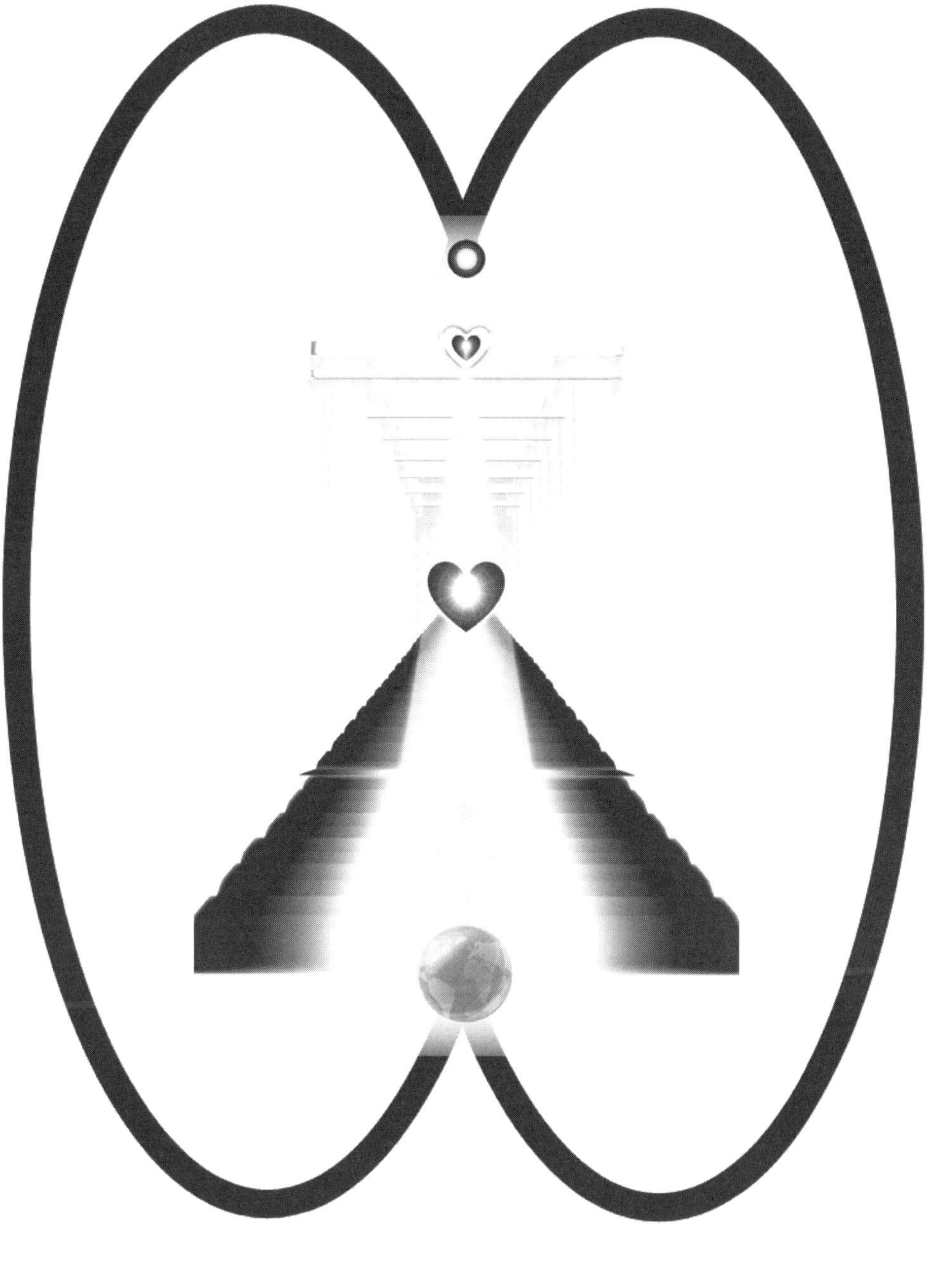

それは「日の本のフィールド&シールド」と呼んでいるもので、次頁の絵のような感じです。

トータルでは根源神界レベルの力が必要となりますが、それをすべて地上セルフに集めることができた時！！！　地上にいる根源のチビチビ神人（チビチビ神宮）となり、そしてそのチビチビ神人が百人くらいになった時！！！！！

日の本の地上が五次元となり、そのアセンション・フィールドができる！！！

それはイコール、シールドともなっていく！！！

というものなのです。

――そして！！！　二〇一五年六月へ向けて、謎の白鬚仙人様から（！！？）超重要なメッセージが届きました！！！！！！

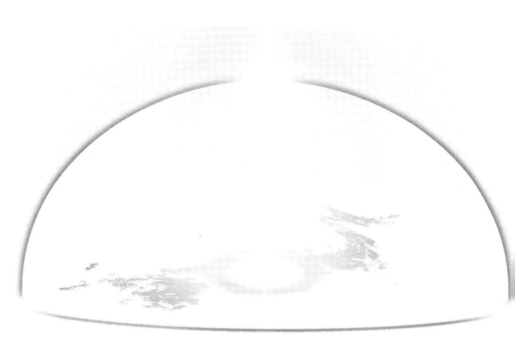

それは六月の夏至に関するもので、何も対策をしなければ、太陽の変化は現在の地上の生命体に受け止められるものではないだろう、というものでした！！！！！

これは本書第一章でお伝えした、ここの（旧）宇宙の中心部での、超新星のウルトラ大爆発を示しており、そのエネルギーが太陽系に到達することを意味しています。

この太陽の大変化とは、どのようなものでしょうか！！！？

――それは……！！！！　前著で謎の白鬚仙人からのメッセージにもありましたように、言霊で（！？）言うと、『華生宝瓊《ほうけい》』としか言いようのない……！！！！！

※この読み方は関係なく（笑）！　そのエネルギーそのもの！！！！！

では、これはどのようなエネルギーを表しているのでしょうか！？

一言で言うと、銀河の中心太陽のエネルギーです！！！

銀河の創始のオリオンではなく、中今の、本来の、シリウスの太陽。

中今の、最新の！！！　シリウスの新太陽のエネルギーです！！！

前頁に、そのイメージの絵があります。カラーでお届けできないのが残念ですが、とても不思議な感じです。水のエネルギーなのですが、莫大なエネルギーです！！！！！

とても鮮やかな、極彩色の光線も含まれています。


そしてこの新太陽は！！！　ここの旧宇宙から、新アセンション宇宙へのゲイトとなっているのです！！！！！


まずはこの中今の新太陽のエネルギーと一体化し、そのポータルとなることが必要で、そうするとトランスして、エネルギーを地上に流入させることができます。

二〇一五年六月の夏至は、このエネルギーワークと神事を、ライトワーカー一人ひとりと皆で進めてきました。


そうすると、さらにいろいろな（不思議な）ことが分かってきました！！！

表現が難しいのですが、鋭意、トライしてみます！！！

まず一つとして、この新太陽はハイアーセルフとのつながりを強化することが分かってきました。

この「華生宝瓊」には、「瓊」という字が含まれており、これは「瓊瓊杵尊《ににぎのみこと》」を意味します。瓊瓊杵尊は、太陽神天照の代表的な子孫であり、御神体のひな形を表します。

この新太陽「華生宝瓊」における瓊瓊杵尊のエネルギーは、まさにここの銀河・宇宙の新太陽そのものです。

そして独特なエネルギーを持っています。それは一言で言うと、「最強のポジティヴ！！！」という感じです！！！

このエネルギーにつながると、ハイアーセルフとのつながりも強化されますが、花月（人を楽しませ、笑わせること）も強化されるようです！！！（笑）

——このような、とても不思議で素晴らしい体験の中で、夏至の太陽のエネルギーワークが進んでいきました。

そして！！！　数年前からの（白鬚仙人様からの！？）預言のように、ますます史上最大のピンチへの対策＝アセンション・ライトワークへと、突入していったのです！！！！

第一光線

次に謎の白鬚仙人様から明確なメッセージが来たのは、二〇一五年八月のアカシックについてでした……！！！！！

それは明確に、特に関東に関するものであり、各界でも様々な情報が出ていましたので、ご存じの方もいらっしゃると思います。

八月までに対策をしなければ、関東が無くなる、と！！！！！

これは関東だけの問題ではありません。関東は、日の本の表（３Ｄ）の中心であり、様々な意味で、そのすべての中央、中心です。

政治・経済だけでなく、地殻としてもですから、関東に大変動が起これば、日の本全体に連動します。

そのための明確な対策として高次全体から来たメッセージは、「集合意識のエネルギー（波動）を上げること！」でした。

集合意識のエネルギーが下がると、日の本の結界もなくなり、変動が起こりますし、一定以下に下がると、富士山が爆発します。

それを避けるには！！！　富士山を爆発させるのではなく、日の本のアセンション・ライトワーカーのエネルギーを、爆発させなくてはならない！！！！！！

前述の「日の本のフィールド＆シールド」は、根源神界レベルの統合的なエネルギーなので、まだ完全には機能させることができません。

ゆえに現時点で行うことができ、最も有効なエネルギーと言えば！！！

【第一光線】のエネルギーです！！！！！！！！

第一光線とは！？　本書をお読みの皆さまは、古今東西の進化＝アセンションについて学んでおられると思いますので、だいたいご存じと思います。

第一光線とは、古来より、「神の意志の第一光線」等と呼ばれています。

（意志のエネルギーの他に、力、目的という意味を含む場合もありますが、本質的には同じだと思います）

第一光線は、基底のエネルギーセンター（チャクラ）と密接に関係しますので、各自にとっては、クンダリニーとイコールであると言えます。

ゆえに生命エネルギーの基本的な本質でもあるのです。

そして根源へのアセンションに向かっては、この第一光線を、根源まで届けるつもりで！！！　次元で言うと、１０００次元以上まで届けるつもりで！！！！！　上げていく必要があります！！！！！

それがイコール地上セルフの、根源へのアセンションの第一弾となるのです！！！！！

新アセンション宇宙の根源天界である、新Ｇの一員となる重要な条件の一つとなっています！！！！！

トータルでは、地上セルフが、フルコンシャス＝顕在意識で、しっかりと１０００Ｄ、根源まで届かせて、その上で、高次のすべてを地上セルフのハートの中心まで降ろす。

その時に、地上セルフのハートを中心に、すべてがつながったトーラスとなり、最大の六芒星の合体となっていきます。

基底からのクンダリニーが、全開ＭＡＸでハートへ到達して、根源からのスシュムナーの光も全開ＭＡＸでハートに到達して、超新星爆発のようにスパークする感じです！！！

しかしこのトータルには、縦軸、横軸、球体、センタリング、グラウディング、その他すべての強化と統合が必要となっていきます。

ゆえに、まずは！！！！　日の本＝世界のアカシックの延長のために、まずは自分のクンダリニー＝第一光線を、根源へ突き抜けるまで強化し、上げていく！！！！！　これが重要です！！！！！

百人以上ができるようになると、集合意識全体のエネルギーも上がるのです！！！！！

そしてそのエネルギーワークを進めた結果、集合意識全体のエネルギーが、史上初めて（！？）、ＭＡＸではなんとプラス五一パーセントまで増えました。

（※意識しないとすぐに忘れて下がるので、完全にできるまでは注意！！！
※これが五二パーセントを超えると、地上の５Ｄが始まっていきます！！！）

そのためのエネルギーワークは、たんにイメージをするということではなく、ピッタリ合う歌や踊りなどを使って全開ＭＡＸでやると、とても効果があります！！！！！

座ったり寝たりした状態の瞑想は、ハイアーセルフがメインとなり、地上セルフがお留守になりやすいのですが、実際に地上セルフの体を動かし、大きな声を出したりして、ワクワク全開ＭＡＸでやると、とても効果を実感すると思いますので、皆さまもぜひ、楽しみながらやってみてください。自分の愛、ワクワク、ポジティヴパワーが全開ＭＡＸとなり、クンダリニーがゴ――――ッと上がるものなら、好きな歌や踊りでＯＫと思います！！！

――――このように、日の本のすべてのアセンション・ライトワーカーのエネルギーワークにより、そして国家風水師のご尽力により、八月の危機は、第一弾を脱したようでした。

しかし皆さまもご存じの通り、暫定的なものであり、そしてさらに！！！！！

二〇一五年度後半へ向かって、莫大な動きへと突入していったのです！！！！！

根源のポータル

そして二〇一五年十月になると、いよいよ！！！！！

史上初の、あるとても重要な動きが、まだ潜在的ではあれ始まったことを明確に感じました！！！！！

それはズバリ！！！　本書のメインタイトルでもある、『根源の岩戸開き』です！！！！！

第一章、第二章でお伝えしましたように、二〇一五年三月から、新宇宙の根源天界のすべてのエネルギーが一つとなり！！！　一つの神聖な根源の神殿となって、そのエネルギーが地上に降り注いでいます！！

そして今!!!　いよいよ、根源神界の扉も、少しずつですが、史上初めて開こうとしているのです!!!!!!!

――――しかし、三月から準備を進めていても、その根源のポータルになるということは、とても高度なことです。

※そして地上のポータルとなる人がいなければ、地上にそのエネルギーを流入させることができません!!!!!

皆さんが想像し得る限り、無限大の高次の、無限大の規模の、無限大の愛、光、神聖で莫大なフォトンをイメージしてみてください。

体感してみてください。

それが最も近い感じだと思います!!!!!

そして真に『根源のポータル』になるためには、何が必要で重要でしょうか!!!?

――――たくさんのことがありますが、まずは前述のように、第一光線＝クンダリニーが、根源（１０００D）まで、届いていること！！！

第一章の三五頁のようなアセンションMAPにつながっていること。このMAPは、太陽系、銀河、宇宙レベル、そして新宇宙へとつながっていますので、中今最新のアセンションとして全体共通です。

１０００Dレベルのアセンション＝統合が、ある程度進んでいること。
そうでないと、そのレベルのエネルギーが降りてきた時に、地上セルフが白目になります……！！！（笑）

などなど、無限にあります。

しかし現時点で、それを本当に達成している地上セルフは、ほとんどいません。

――――しかし！！！　なんとかそれを達成しなくてはならない！！！！！
そうでなければ、根源と高次からのエネルギーを地上に流入させることができませんし、地上のアカシックの延長ができないのです！！！！！

そのさらなる深い理由も、二〇一五年度の後半に向かうにしたがってより明らかになっていったのです。

そこでまずは、いくつかの問題を解決しながら、できるところから進めていくことになりました。

対策を優先すべき共通の問題は、次のようなものです。

・莫大な高次のエネルギーが降りてくると、地上セルフが白目になる。

（地上セルフがお留守になる、またはペシャンコになった感じ。エネルギーに敏感な人に多いパターン）

・グラウディングが足りない。宙に浮いている感じ。地上ではなく、神殿の真ん中くらいにいる感じ。

（ある程度ハイアーセルフとつながっている人に多い）

この場合、完全なる神聖なポータルにならず、自分のハイアーセルフだけをチャンネルしたり、インプットとアウトプットのエネルギーが違う、つまり自分で勝手に変えているケースがある。

そしてこれらの問題を解決でき、かつ中今にとても有用な対策を、高次が提案してきました。それは、『水のエネルギーワーク』というものです。

新アセンション宇宙の高次のすべて、根源天界のすべてのエネルギーが降りてくると、ほとんどの人は白目になってしまう（笑）ことから、まずはやりやすい、分かりやすいことから進めていこう！！　ということです。

そして同時に、様々な問題の解決ともなり、中今の動きにとても有用な対策ともなります。

根源のフォトンは、万物の源ですが、それに最も近い地上の物質とは！！！
「水」です！！！！！　水晶＝クリスタルです。

正確には、根源のフォトンの全き器が水であり、水晶＝クリスタルであると言えます。
人体の約７０％も水です。

ゆえに、根源のフォトンが、地上で物質化したものが水であるとも言えます。

そこで、いきなり莫大な根源のフォトンの器となるのではなく、根源のフォトンが地上に降りた「水」の、全き器となる練習。そのエネルギーワークを高次が提案してきたのです！！！！

これは、地上にしっかりとグラウディングしていないとできませんし、グラウディング強化のワークともなります。

そして、神聖なポータル、全きポータルとは、まずは高次から来たエネルギーを、１００％そのまま通すことができるということ。

何も足さない、何も引かない。何も変えない。まずはそれが重要です。

つまり「水」というエレメントは、とても分かりやすいと言えます。

神聖な水の器となって、神聖な水を降ろし（通し）、地上（地球）に流入させていく。

さらにこのエネルギーワークを進めて分かったのは、この「水のエネルギーワーク」を行うと、地上全体や、大気もとても浄化されるということです。

多方面でとても有用なエネルギーワークですので、皆さまもぜひやってみてください！！！！

ワークの一例としては、根源のフォトンが神聖な水となって降りてくるイメージを持つ。その全き器となる。その時に、皆に効果が高かったイメージとしては、次のようなものです。

・神聖な、どしゃぶりの雨のような滝をイメージすると、ほとんどリアルに水のエレメントを体感できる人が多い。

・地上セルフそのものも、「水」の器となり、水と一体化する。

この「水のエネルギーワーク」は、多くの大人のアセンション・ライトワーカーが行って、多大な成果を上げました。

また、クリスタル・チルドレンたちは、元々が「全き器」です。

このワークのレポートも、とてもエネルギーが伝わってきますので、参考にご紹介させていただきます。

＊＊＊＊＊＊＊＊＊

「水のエネルギーワークの実践レポート」

宵地くん　十一歳

ウルウルなクリスタルのどしゃぶりの神殿の中にいて、水の中で泳いでいるみたいだった。

その神殿の中は、エネルギーがどんどん透き通っていく感じで、新しい宇宙のエネルギーが満タン！！！だった！！！

その水は、清水のようで、まるで山から湧きだしたばかりのようだった。

これほど神聖だと、どしゃぶりなのが分からなくなるほど透明になっていく。

季恵ちゃん　九歳

真名井の井戸の水みたいな、新しい宇宙の水！！！

これが地球をアセンションさせる！！！

光が入る器は、水の器。光パワーを地球に入れていく！！！

地球を未来へ変えていく！！！

二〇一六年の準備をしている。五次元の芽が、地球の中にある。

くるちゃん　十二歳

自分が水になって、周りの水との境がなくなったと感じました。

涼しく、さわやかで、浄化されている感じがしました。

アクエリアスのエネルギーが入った、根源の水が流れてくるのを感じると、純粋な水、透明で神聖な水が、次から次へと流れてきて、ウルウルしました。

水の器の自分から、地上に流す時は、輪のように、波紋が拡がるように、地上に拡がっていきました。

自分の周りから、純粋な水が拡がって、きれいになっていく感じでした。

＊＊＊＊＊＊＊＊

この「水のエネルギーワーク」により、地上セルフのグラウディングも進み、根源の神聖なエネルギーが、少しずつ地上に流入してきました！！！！！！

そしてこれは、【アクエリアス】の始動の合図でもあったのです！！！！

さらに次は、レベルを上げて、「光のエネルギーワーク」を行いました。

「水」を、今度は「光」に変えていくものです。

そしてハートセンター、アジナーセンターの強化も行い、サハスラーラ（頭頂のチャクラ）の活性化と強化を始めた時に……！！！！！

それは始まったのです！！！

旧宇宙史のラストを飾る！！！？　出来事だと言えます。

次章で詳しくお伝えしていきます。

第四章

愛のイニシエーション

キリストMAX!!!

第三章でお伝えしましたように、二〇一五年十一月後半に、日の本のある場所で行われた、根源のポータルになるための「水のエネルギーワーク」と、そのイニシエーション。

（このある場所は、とても歴史が古い所ですが、根源天界のエネルギーワークとイニシエーションを行いやすい場所でもあります）

そしてハートセンター、アジナーセンターの強化も行い、サハスラーラ（頭頂のチャクラ）の活性化と強化を始めた時に……!!!!!!!

思いがけない、驚くべきことが始まったのです!!!

トータルで観ると、関連する準備や裏神事も事前に進められていたのですが、それは、ある瞬間に、突然始まったものでした。

一言で言うと、

キリストMAX！！！！！

としか表しようのないものです！！！

――ただ、ただ、「キリスト」のどしゃぶり、としか言いようのないものでした！！！！！

具体的、明確に言いますと、最初はキリストと言うより、「ロード・キリスト・サナンダ」（の、どしゃぶり）でした。

――――中今最新の、新アセンション宇宙の、根源天界の、遥かなる高みから……！！！

すべてが一体となった、神聖な神殿となり……！！！！！！

その神聖なる根源から、ロード・キリスト・サナンダのエネルギーが、ただただ、降り注ぐ……！！！

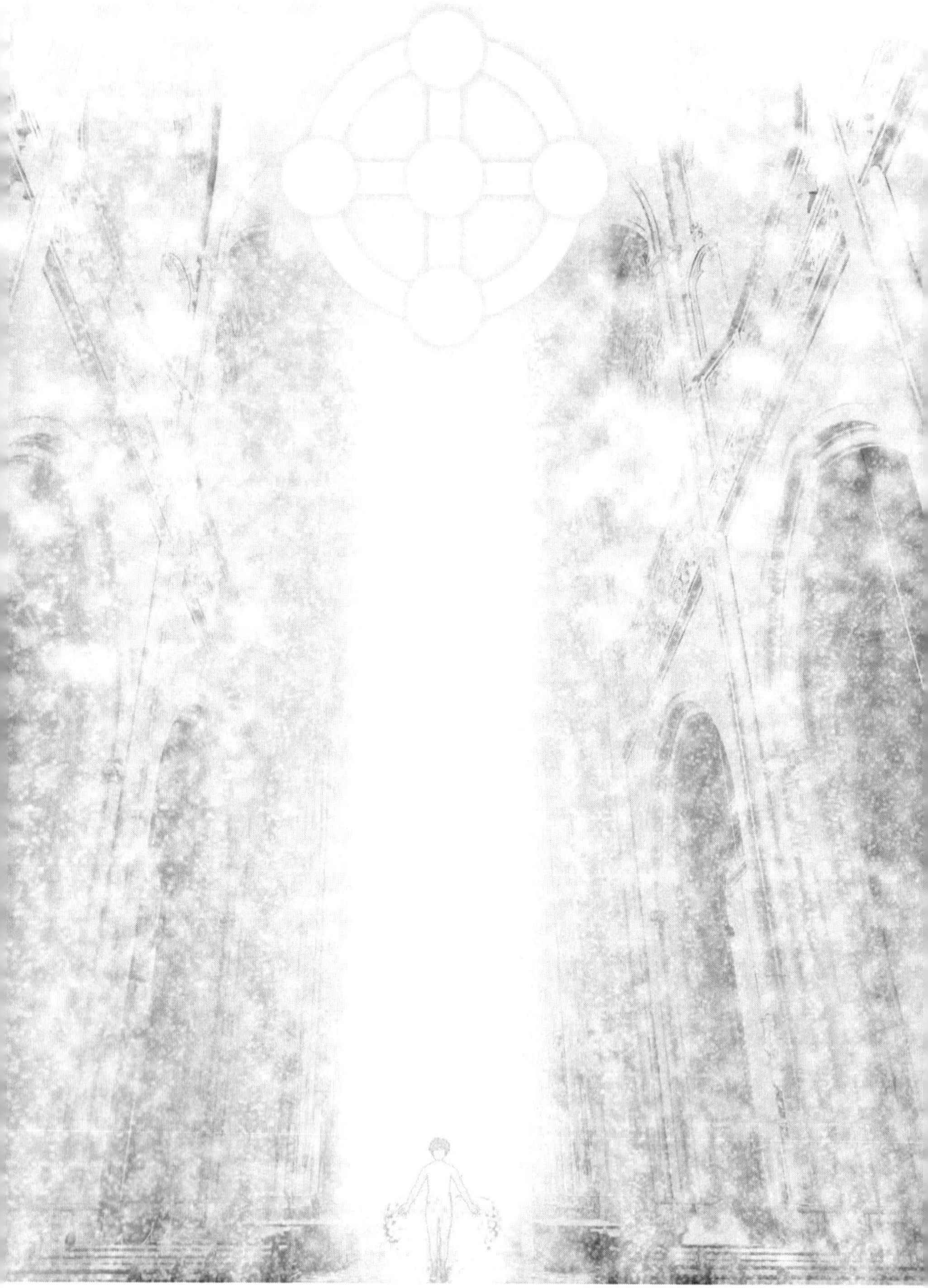

――言葉で説明できるものではありませんが、あえてするとすれば、次元で言うと１０００Dどころか１０００億Dという感じで、その根源天界の太陽、根源天界の生命の太陽の、莫大な滝です！！！！！

根源天界の歓喜のエネルギーでもあると感じました！！！！！

これはまさに、史上初の！！！**根源天界の岩戸開き**と言えます！！！

――拙著一連のスーパーアセンション&レポートの、最初の『天の岩戸開き』でお伝えしましたが、新アセンション宇宙の始まりは、地球歴AD２００１年から始まっています。

特に動きが大きいこの数年では、ロード・マスター・モリヤは、よくスーパーアセンションのサポートに出てきていただいていましたが、ロード・サナンダが表だって動くことはあまりありませんでした。

新アセンション宇宙の根源天界の中で、ロード・サナンダは今、どのようなエネルギーなのだろうか、どのような役割なのだろうかと、時々思ってはいましたが……！！！

突然の、久々の登場。そしてこの超莫大なエネルギー！！！！！！！！！！

――――そして、この驚くべき出来事は、とてもたくさんの、莫大な、重要なことを表しています。

主な重要なことをお知らせします。

※まず、「水のエネルギーワーク」＝イニシエーションは、水の洗礼でありキリストが来るということを意味していた。

※ロード・キリスト・サナンダからの明確なメッセージによると、この動きは二〇一五年十二月の、地球のアカシックを存続させるためにある！！！！

（＊各界でも、二〇一五年十二月のXマスが、巨大な小惑星の接近により、Xデーであると言われていました！！！）

※そのためには、地上のアセンション・ライトワーカーが、このエネルギーのポータルになる必要がある！！！！！

――――などです。

その他にも、まだまだ、重要なことがたくさんあります！！！！！！

ロード・サナンダによりますと、まず、今回のロード・キリスト・サナンダとしての地上への（MAXの！！！）降臨（流入）は、史上、最初で最後かもしれない！！！！！

（ロード・キリスト・サナンダという存在とエネルギーそのものも、次のシフトへ向かうようです）

これはすなわち、古来より預言されてきたことである、とのことです。

その重要な目的は、一人ひとりの内なるキリストの目覚め、チビチビキリストの誕生である、そして、今回の（史上最初で最後の！？）流入が分かる、ということが重要であるそうです！！！

さらに、ロード・キリスト・サナンダから観て、最も重要な、「本当の目的」とは、次のようなものであるとのことです！！！！！

◎本当の（裏の）重要な目的の一つは、縦軸の、根源―コーザル体―魂のラインをつなぐこと。

（ゆえに地上のアセンション・ライトワーカーのサハスラーラが開き始めた時に始まった！！！）

◎ロード・キリスト・サナンダはそれを、『太陽道』と呼んでいる!!!!!

※これについては、二〇一六年へ向かって進むほど、明らかになっていきました。

すなわち、最大の目的とは!!!!

根源太陽神界とつながる道をつくること

であるそうです!!!!!!!!!!!!!!!

――――そしてこの重要なミッションの地上ポータルとなるエネルギーワーク等を進めていきましたが、やはりあまりにも莫大なエネルギーであるため、皆さん、(白目になったりして〈笑〉)なかなか思うように進まないようでした。

そこで高次と相談の上、最もやりやすい方法として、中今最新のロード・キリスト・サナンダからの「メッセージ」を受信して、皆さんにシェアしていただくことになりました！！！　世界へのXマス・プレゼントとして！！！

そして、いきなりロード・サナンダですとつながりにくい人もいますし、中間の魂やコーザル体の強化のため、ロード・ミカエルのエネルギーもサポートにきていました。

皆さんもぜひ、ロード・サナンダや、ロード・ミカエルのエネルギーやメッセージを受信して、多くの人にシェアしてください！！！！！！！！

Lord Michael

皆さまへのご参考に、日の本のアセンション・ライトワーカーが受信した、ロード・キリスト・サナンダの中今最新メッセージの中から、代表的なものを一つご紹介いたします。

＊＊＊＊＊＊＊

『この上なく神聖な美しいポータル』

——この上なく神聖な美しいポータルとは、どのようなものでしょう。

そのことについて、私からあなたへ、今、一つのイメージを贈ります。

——澄んだ心。澄み渡る心。

「純粋」という、澄み切った海の中心で光る、光の噴水。

その光は、どこまでも美しく、どこまでも愛おしい。

光の噴水の源は、あなたの中にある太陽そのものです。

光の噴水は、太陽そのものとなり、日が昇り、純粋なる大海を根源の光で照らす時、

チビチビ太陽となるのです。

美しき光は神聖であり、神聖とは遍《あまね》く照らすことをさします。

ゆえに神聖であり神性なのです。

みんなのための太陽ということですね。

太陽とは、あなた方の核心そのものであり、

核大とは、太陽が拡大することそのものであり、

拡大とは共鳴であり、一体化です。

その核心は、**根源天照皇太神**

つまり、みなさん共通の核心であり、私の核心でもあります。

みなさんが何を目的とし、何を目指し、何に成ろうとしているのか？

明確にできる時であり、明確にした時、神性＝神聖が始まるでしょう！！！

この上なく神聖な美しいポータルが始まります！！！

この上なく神聖な美しいポータルから始まります！！！

（チャンネル　by　Kei）

＊＊＊＊＊＊＊＊

――――そしてこれらのエネルギーワークを、十二月のXマスのクライマックスへ向けて進めていき、そのエネルギーが、少しずつ、地上につながってきたのを感じていました。

そして、二〇一五年十二月十二日のことだったと思います。

……ある瞬間から、莫大な、クライマックスへと突入していったのです！！！！！！！

この日は、アカデミーのこの十二月の重要なテーマ、実践強化ワークショップ二日目で、翌日十三日に全体の公式セミナーを控えていました。

午前のワークショップが終了し、カフェでランチをしながら、メンバーたちと打ち合わせをしていた時……！！！！！！

突然、BGMがクリスマス・ソング（讃美歌）に変わったと思った瞬間！！！！

それは始まったのです！！！！！！！！！！

――――それは、キリストMAXとしか、言いようのないものです！！！！！！！！！！！

――空間のすべてが……！！！　地上のすべてが！！！！！！

――地上のあらゆるすべてが！！！！！　私たちが呼吸する大気のすべてが！！！！！

キリストそのもの！！！

としか、言いようがないのです！！！！！！！！！！！

――地上のすべてが、そして私たちが呼吸する大気そのものまでが、キリスト。

そのあらゆるすべてが**愛**であり、溶けた黄金のように成った！！！！！！！

キリストMAX！！！　としか、言いようがないのです！！！

――ただただ、その中で、そのエネルギーと一体となり、そのエネルギーを感じるのみ……！！！

――――ロード・サナンダがおっしゃっていたように、「これがそうなのか……」「これがそうなのだ！！！」と、すべてのレベルで、そして心底深く感じました。

これが古代より預言されていたことなのだ。そして史上初で最後かもしれないのだ、と……！！！！

……この驚くべき出来事も、地上のアセンション・ライトワーカーが、しっかりとそのエネルギーのポータルになっていかないと人々に伝わっていかないので、Xマスのクライマックスへ向かって、皆でますます全開MAXで進めていくこととなりました！！！

――――そして、いよいよ、二〇一五年十二月、Xマスの当日！！！

アカデミーでは、Xマス・スペシャル！！！　として、XマスイヴからXマスにかけて、キリストMAXの自主的なエネルギーワークを、全国のメンバーがオンラインで進めていました。

……その時、私はとても不思議なヴィジョンを観ました。

日の本の全国のアセンション・ライトワーカーの皆さんが、Xマス当日に、キリストMAX！！！　のエネルギーワークを行っている、その時に観えたヴィジョンとは……！

キリストＭＡＸのヴィジョンではなく、ただ、ただ……、不思議な「グリッド」としか言いようのないものだったのです。

――最初は何も無い宇宙空間に、突然現れたように観えました。

そのグリッドの一粒一粒は、『生命』の光からできていると感じました！！！！

少しずつ、縦軸ができ、横軸ができ……、その格子状の光のグリッドは、一つひとつの格子の大きさが、約一メートルのようでした。人が一人座って入れるくらいです。

地上に発生したように観え、宇宙空間でもあるように観えましたが、トータルでじっくり観ていくと、実はそれは、太陽系規模のものであるということが分かってきました……！！！！

――それはなんと！！！！！！！！！！！

太陽系規模の「シールド」であり、生命のグリッドそのものだったのです！！！！！！！！！

そしてこの太陽系規模の「シールド&グリッド」が完成してから、XマスがXデーだった（巨大小惑星接近による）という情報を受け取りました……。

＊二〇〇二年にも同様のことがあり、この時は宇宙連合と同様のワークがありました。たしかこの時も小惑星が地球に接近していた時で、ある時期のある集合意識のエネルギーを使って、宇宙連合と共に地球にシールドを張る、というワークでした。

この時も、すべてが終わってから、ワークの理由と内容を宇宙連合が教えてくれたのです。事前に目的（危機）が分かっていると、うまく働かないからのようです。

※ロード・サナンダのメッセージのように、『純粋』さが重要だということですね！！！！！

――――ゆえに！！！！！　この太陽系規模のシールドは、日の本のアセンション・ライトワーカーの、『純粋』な、祈りともいえる愛のエネルギーによってのみ、そのポータルとなって、つくることができた&できるとのことなのです。

史上最大の、この瞬間。史上最大の愛が、地上のすべてに満ちる時。

ただ、ただ、その純粋な愛のポータルとなる！！！！！！

そしてこの太陽系規模のグリッドの実際の構築は、高次の太陽系連合（我々のハイアーセルフのコーザル体の連合と言えます）の科学技術とサポートにより、創られたとのことです。

太陽系連合によりますと、まさにこの瞬間！！！！！　Xマスの、すべての地球のアセンション・ライトワーカーによる、そしてすべての地球の集合意識による、キリストＭＡＸ！！！　の瞬間にのみ、それが可能であったと！！！！！！

ロード・キリスト・サナンダによる、史上初（最終の！？）、人類への、最大のＸマス・プレゼントであったとのことなのです！！！！！！！

――――この章の最後に、これらのすべての動きを踏まえて、私（Ａｉ）が、二〇一五年のクリスマスに、世界の人々へ向けて発信したメッセージをお贈りします。

このメッセージの中に出てきますが、今から約二十年前、私がまだ二十代の頃だったと思います。ちょうどマスター・イエスについて学んでいた時でもあったのですが、あるとてもリアルで、強い印象の、不思議な体験をしました。

この章の最後のメッセージの中に詳しく出てきますが、ある日ふと気が付くと、二〇〇〇年前の、ガラリヤ湖畔にいる（！？）マスター・イエスの中に、自分の意識がいるのです。

より詳しく言うと、マスター・イエスの魂の中に、現在の自分がなぜかタイムワープして（！？）外の情景を観ていることに気づいたのです。

――――外の様子や、マスター・イエスが群衆に向かって話している内容などよりも、何よりも印象が強く、深かったのは、マスター・イエスの『魂』そのもののエネルギーでした！！！！！！！

幼子のごとく……、どのような言葉でも、表せない感じです。

ただ、ただ、さざ波ひとつ無く、この上なく澄み渡って、美しい、『水』のようである、としか言いようがありません……。

今でも明確にその感覚を覚えていて、時々思い出します。

そして、《この上なく澄み渡って、美しい、『水』のような》そのエネルギーを体験するために、その出来事があったのだと思いました。

そして二〇一五年末の、クリスマスが近づいたある日、この二十年ぶりの、二十年越しの出来事が、すべてつながり！！！　ひとつの完結を迎えたのです！！！！！

その日はいつものように、よく行く近所のスーパーへ夕食の買い物に出かけました。

そして車がスーパーの駐車場に入ろうとした時だったと思います。

「…………！！！？？？」

とても不思議な（奇妙とも言ってよいくらいの！？）感覚がしました。

「何か」が、何かの存在が、私の中にいるのです。

私の今生のアセンションの学びと実践は、常にフルコンシャスの中で行ってきたので、高次の存在とコ・クリエーションすることは多々あっても、何か自分ではない存在が、自分の中（魂の中！？）にいる、と感じたことは初めてだったのです。

その存在（！？）は、何かメッセージを発するわけではなく、何かエネルギーを発するわけでもありませんでした。

ただ、ただ、私（魂の中！？）から、本当にリアルに！！！　ただ単に、「外の（３Ｄの）景色を観る」ためだけに来たのです。

（実際に、二つの目玉が、私の中からキョロキョロするのが分かったくらいリアルでした！！！〈笑〉）

――それは、ロード・キリスト・サナンダだったのです！！！！

なぜそんな状況に！！！？？？？？

そこには、いくつかの重要な理由がありました。

私（Ａｉ）が、超特別だから私にだけＬ．Ｃ．サナンダが降りてきたわけではなく！！！（笑）

純粋な心＝ハートと魂を持っていれば、誰にでも可能であるということを証明するため！！！　そのことを伝えてもらうため！！！！！！！

そしてＸマスの、キリストＭＡＸ！！！！　の、準備でもあるとのことでした。

（二〇〇〇年前に〈！？〉私が体験したことを、Ｌ．Ｃ．サナンダも体験してみたいということも、ちょっとあったようです〈笑〉）

＊＊＊＊＊＊＊

『最愛なる世界のすべてと皆さんへ！！！』

ロード・キリスト・サナンダとともに、中今のとても重要な動きについて、お伝えしたいと思います！！！！！

二〇一五年の十一月から、とても重要な動きが始まっています！！！

それは、まずは水の動き、水の洗礼から始まりました。アクエリアスの始動です。

――今から約二十年くらい前に、私（Ａｉ）は、とても不思議な体験をしました。

ある時にふと気がつくと、なんと、自分の意識が、二〇〇〇年前の、ガラリヤ湖の湖畔にいるマスター・イエスの魂の中にいるのです！！！

その中から、周りの様子が観えました。マスター・イエスは、ガラリヤ湖の湖畔で、人々に話をしているようであり、そして目の前のガラリヤ湖は、この上なく澄み渡っていました。

そして……！！！！　マスター・イエスの魂、心、意識とは！！！！！

この上なく美しい、波ひとつない湖のように、ただただ、澄み渡っていたのです……！！！！

それはとても印象的な体験でした。

そして二〇一五年十一月から、アクエリアスのエネルギーが、本格始動を始めました。

水の洗礼です。

根源のフォトンが、すべての高次の協力により、〈水〉のエネルギーとなって地上に流入を始めました！！

〈水〉は、すべてを浄化するエネルギーであり、地上の万物の生命の源です。

そしてフォトン（光）が物質化したものでもあり、光の「器」でもあります。

人体も、その基本要素は〈水〉でできています。

すなわち、神聖なる光の器となるクリスタル＝水晶、水の神殿なのです。

ゆえに、中今の、莫大な根源と高次からのエネルギーの流入の器となるためには、そして真の永遠の自分＝ハイアーセルフの器となるためにも、地上セルフは、神聖なる光の器となるクリスタル＝水晶、水の神殿となることが重要ですね！！！

我々は、まずはこの神聖なる光の器となるワークを進め、そして次に、アセンション・スターゲイトとなる、ハートとアジナーセンターのつながりの強化を進めました。

次に、高次の天界と神界のゲイトとなる、サハスラーラのオープンを始めた時！！！！

それは始まったのです！！！！！

それはまさに！！！『ＪＯＹ　ＴＯ　ＴＨＥ　ＷＯＲＬＤ！』としか、言いようのないものでした。

根源とすべての高次が協力して、この上なく莫大な〈ロード・キリスト・サナンダのどしゃぶり〉が、地上に流入する！！！！！！

（＊その莫大な〈ロード・サナンダの滝〉は、実際には地球よりも大きいものですが、各自のイメージでは、

最低、直径１０ｋｍくらいをイメージするとよいでしょう）

根源と天界の、すべてのエネルギーが統合されたものでした。

史上最大、最強の浄化のエネルギーでもあり、同時に、史上最大の『歓喜』！！！！！！

高次のすべてと、生命の根源のすべても含まれている！！！

この莫大なエネルギーの流入は、二〇一六年の始まりまで続く予定でしたが、この〈ロード・サナンダの滝〉の地上のポータルとなるためには、地上セルフの相当強力なアセンションとその統合が必要となってきます！！！

――そのための強化ワークを進めていたところ……！！！！！

とても、とても重要な動きが始まりました！！！！

なんと！！！！！！

根源のロード・キリスト・サナンダが、地上に降りてきたのです！！！！

——今、ロード・キリスト・サナンダが、地上に降りてきています。

もしかすると、史上最初で最後かもしれません！！！

それはどこに！？　誰に！？　いいえ、そうではありません！！！

【地上のすべてに】

です！！！！！！！！！

今！！！！　世界のすべてが！！！！　地上のすべてが！！！！

空間のすべてが！！！！　私たちが呼吸している空気のすべてが！！！！

ロード・キリスト・サナンダそのものなのです！！！！！

……それをじっくりと、そして最大に味わい、感じて、体感してください！！！！！！

――それは、溶けた黄金のようなエネルギーです。

今！！！　世界のすべてが！！！　地上のすべてが！！！

空間のすべてが！！！　空気のすべてが！！！

愛なのです！！！！！！！！

皆さん一人ひとりが、それをじっくりと、そして最大に味わい、体感していくほど……！！！

愛のポータルとなり、愛そのものになっていきます！！！！！

そして、世界に、現れていきます！！！！！！

さらに今、素晴らしいことが起ころうとしています！！！！！！

それは！！！！！

根源、すべての高次、ロード・キリスト・サナンダが真に、心から、宇宙創成の始まりから願い、望んでいたこと！！！

チビチビキリストの誕生です！！！！！！

キリストとは、根源天界の太陽神であると言えます。

ゆえに、地上のチビチビキリストとは、一人ひとりがチビチビ太陽になる、ということなのです！！！

それは、愛、光、生命のすべての源です。

皆さん一人ひとりが、愛と光と生命のチビチビ太陽キリストとなった時！！！！

新しい年へ向かって！！！　新しいアセンション宇宙へ向かって！！！！！

根源の子供として誕生し、根源へ還る、根源へのアセンションが始まるでしょう！！！

∞ LOVE&LIGHT　L．C．S　＆　Ai

＊＊＊＊＊＊＊

――このように、二〇一五年末は、キリストMAXとなり、史上最大のクライマックスとなりました！！！！！

しかし！！！　このことさえも、実は、二〇一六年からの準備にすぎない、ということが、ますます分かっていったのです……。

それについては、根源へのスーパーアセンション・レポートのラスト！！！

次の第五章で、お伝えしていきます！！！！！！！

第五章

根源の岩戸開き

2016∞アセンション・ゲイト

きました。

――第四章でお伝えしましたように、二〇一五年の年末は、史上最大のクライマックスで、暮れていきました。

それは、これまでの宇宙史の、本当の年末であったのです……！！！！

これまでの拙著でお伝えしてきましたように、また各界でも言われていますように、ここの旧宇宙の本来の終わりは二〇〇一年でした。

しかし二〇一二年まで、人類がもう少しアセンションするまで、すべての高次の多大なサポートの下《もと》、すべてのアセンション・ライトワーカーの努力の下、伸ばしに伸ばされ……！！！

そして前著でもお伝えしましたように、ここの旧宇宙の遍く生命の、アセンションのための、旧宇宙全体、太陽系の太陽、地球の動力＝エネルギー源は、本当にゼロなのです！！！！！！！！！

白峰先生という方が、明窓出版の本の他、いくつかの本でそのことについて書かれていますので、一部を抜粋させていただきます。

「日月地神示」―黄金人類と日本の天命（明窓出版）六六頁より
「次は太陽についてお話しましょう。今、太陽は人間で例えますと73歳です。病気を抱えており、その病名は心筋梗塞、狭心症です。つまり、太陽がガス切れ状態になっているということなのです」（以下、各国の惑星太陽化計画失敗の話に続いています）

――それを年末が近づくにしたがって、ますます、ひしひしと感じていきました。

宇宙のすべてのエネルギーとは、本来、すべての生命のアセンション＝意識の霊的な進化のためのエネルギー。

そして、『光』のエネルギーとは、真には無限大です。

（$E=mc^2$。エネルギー〈E〉＝質量〈m〉×光速度〈c〉の2乗。宇宙の高次では、本来は$E=C^2$だと言います。そして地上にいる日戸《ひと》にすべてを統合した時に、$E=mc^2$となる、と！！！）（＊詳細は本書付録の「共鳴＝君が代の秘密」）

ゆえに、たんなる足し算ではなく、人がその中心から真に光を発した時に、無限のパワーが生まれるはずなのです。

――それなのに、日々、どんどん下がっていく地上の集合意識のエネルギー……。

アクエリアスの本格始動と言われる二〇一六年の年は明けるのだろうか！？　と思っていました。

――このままでは、もう間もなく太陽系の太陽は、動力を停止するだろう……。

そう感じつつ、いつものように、自己（地上セルフと宇宙）の中心に意識を向け、エネルギーワークを行った時のことです。

いつものように、自己の中心に根源の光が輝き、根源の光とつながるのですが、いつもと違う、まったく新しいエネルギーも感じるのです……！！！！！

――これまでと明確に違うと感じるのは、まずは中心の光の輝きです。

とても新鮮で、鮮烈で、生まれたばかりの、清々しい、目も眩むほど輝いている、根源の光。

そしてそれは……！！！　次頁のヴィジョン（＊カラー版は、巻頭の口絵にあります）のように、遥かなる根源から、宇宙と自分のハートの中心へ降りてきているのです！！！！！

The Gate of Aquarius

――二〇一六年一月に、謎の白鬚仙人様から、次のようなメッセージがありました！！！

「二〇一六年は、カバラのゲイトが、すべて開く時である！！！」

それはまさに、前頁のヴィジョンとエネルギーを表していると思いました。

この絵は、中今最新（暫定）の聖母庁を表しています。

中今最新（暫定）の聖母庁とは、どのようなものでしょうか！！？

聖母庁とは、その文字と意味からも、だいたいのイメージができると思います。
そしてスピリチュアル・ハイラーキーやアインソフについて学んでいる方は、御存じだと思います。

これまでの拙著でお伝えしてきましたように、今までのここの宇宙のすべての高次は、ここの旧宇宙のアセンション史の終了に伴い、地球歴ＡＤ二〇〇一年から、新アセンション宇宙へシフトしています。
それがまず「暫定」の意味の一つです。
ゆえに聖母庁もすでに新宇宙へシフトしているのですが、旧宇宙のアインソフでの話の方が分かりやすいと思いますので、簡単に説明します。

聖母庁とは、まずは文字と意味から感じる通りであると思います。

聖母マリアのイメージを持つ人が多いと想像しますが、これまでの旧宇宙の、すべての愛の根源、母なる愛の根源、聖母と呼ばれるエネルギーの根源という感じです。

より詳しく言いますと、旧宇宙のアインソフと呼ばれる高次のネットワーク（大天使庁やエロヒムなど）のＴｏｐ＆Ｃｏｒｅです。次元で言うと旧宇宙では十三次元です。

では、中今最新（暫定）の意味とは、どのようなものでしょうか！！？

これがとても重要な内容となっていきます！！！！！

――――何度もお伝えしていますように、宇宙全体のアセンションの期限が過ぎた今！！！

ここの旧宇宙のエネルギー源がゼロとなり！！！

しかも、ここの旧宇宙と、新アセンション宇宙の間のゲイトも、すでに閉じている……！！！

（※残る道は、真の、アセンションあるのみ）

※ゆえに、第一章、第二章でお伝えしてきましたように、新アセンション宇宙の高次は、二〇一五年三

月から、新アセンションの宇宙の高次のエネルギーを地上に降ろすために、そのポータルとなる地上セルフのワークを進めてきたのです。

しかし！！！！！！！

なんと！！！　二〇一五年末までの、地上の集合意識の（さらなる、あまりの）低下により……！

それまでなんとか新宇宙＆根源と地上をつなげていたつながりが、切れてしまったのです！！！！！

それは、新宇宙と、旧宇宙の座標が、まったくズレてしまった！！！　ということなのです！！！！！！！　それは修復不可能なほどに……！！！

――――それが、二〇一五年末の状況でした。

……そして！！！！！

この章の冒頭に書きましたように、二〇一五年末に、二〇一六年のエネルギー、アクエリアスの幕開けのエネルギーにフォーカスした時に、突然現れたのが一四五頁のエネルギーだったのです！！！！

これは中今最新（暫定）の聖母庁を表しています。

前述のように、旧宇宙の聖母庁は、すでに新アセンション宇宙のアインソフへシフトしており、まだ新アセンション宇宙の中での新しい役割は明確になっていません。

では何故、この中今最新（暫定）の聖母庁が、２０１６のアクエリアスの幕開けのゲイトとして、この旧宇宙に突然現れたのでしょうか！！！？

それにはいくつかの、とても重要な理由があります。

まず、聖母庁とは、旧宇宙でも、究極の「女性性」を表しています。

アクエリアスと「女性性」の時代と言われますので、まさにそれを表しているのです。

そして最も重要な理由とは！！！『根源』のエネルギーが、中今、真に降りて来られる一番下が、十三次元である、ということなのです！！！！！！

この場合の「根源」とは、根源の天界を表しています。

なぜ根源神界ではなく、先に根源天界が動くのかと言うと、様々な重要な理由があります。

根源神界に最も近い天界は、本書の第一章・第二章で出てきた、新アセンション宇宙の「新Ｇ」です。

そしてもう一つは、アインソフです。

アインソフの中心のアインは、旧宇宙でも、根源の光を表し、直接、根源につながっている一つでした。

宇宙全体のアセンションとは、文字通り、宇宙のすべての生命=意識のアセンションです。その高次は、大きくは神界と天界に分けることができます。

神界とは、簡単に言うと万物の「親」です。宇宙の親、太陽系の親、地球の親、生命の親。

天界とは、主にはハイアーセルフや天使、マスター、高次元の存在などを表し、地上の人類から観ると、進化=アセンションの先輩たちという感じです。

そしてなぜ天界が先に動くのかというと、一言で表すと次のようになります。

神 天 人

すなわち、天界とは、神と人の中間であると言えます。

ゆえに、人がいきなり神界につながるのは難しいことではありますが、まずその前に、天界につながる必要があるということです。

そして……！！！！！　この２０１６アクエリアス・ゲイトは、地球人類の最終アセンションのためだけのものだと最初は思ったのですが、実は……！！！！！

トータルで観ると当然だと思うのですが、実は、地球人類のアセンションを通して（明確に言うと、この宇宙と地球の本当の目的である）究極の、Ｔｏｐ＆Ｃｏｒｅのアセンション、すなわち、『神人』（人として、神界も天界も統合する存在）という、究極のアセンション・シーンの中で、我々地球人類（そのＴｏｐ＆Ｃｏｒｅのアセンション・ライトワーカー）を通して、我々地球人類のハイアーセルフ連合である天界そのものが、今、究極の次のシフト！！！　神界へのシフトを、行おうとしているということが、だんだんと分かってきたのです……！！！！！！

（ゆえにいろいろとサポートしてくれているのかなとも思いましたが！？〈笑〉）

――――これらが、２０１６アクエリアス・ゲイト＝２０１６アセンション・ゲイトが、中今最新（暫定）の聖母庁である理由です。

（＊そして聖母庁＝究極の女性性＝愛のゲイトを通らないと、新アセンション宇宙へ行けないということも、まさにアクエリアス！！！）

そして！！！　ここからが、いよいよ、２０１６アクエリアスの始動となっていったのです！！！！！

まず、２０１６神年（新年）のメッセージとして、次の内容をインターネットで世界へ発信しました。

＊＊＊＊＊＊＊

2016 MESSAGE

十二月の動きにより、根源の愛が、コーザル体、魂、ハートまで降りてきました！！！
２０１６神年へ向かっては、それを地上セルフのハートへの統合です！！！！
この絵（本書の巻頭口絵）のエネルギーです！！！！
これが、アダム・カドモン（根源の神人）の誕生へとつながっていきます！！！
すべては、一人ひとりのハートの中心から始まります！！！

ハートの中心核から、すべてが創世されていくのです！！！

すべては、一人ひとりの中心【核】からの、想い、願い、やる気、本気、
そして愛から、創造されていくのです！！！

その中心核が拡大していき、ハートの放射となっていきます！！！

その核心ができた時！！！

それは、真の、中今の、大和魂となり！！！

真の、中今の、日の本の日の丸となるのです！！！！！

２０１６神年　∞　ＬＯＶＥ　Ａｉ

＊＊＊＊＊＊＊＊＊

第四章でお伝えしましたように、そしてこのメッセージにありますように、二〇一五年十二月の重要な動き（ロード・サナンダのサポート）により、「神天人」の、それまではつながっていなかった「天」の部分が、かなりつながってきました。

そしてすべてを地上セルフに統合する準備と条件が、第一弾として完全にできてきたのです！！！

私のアセンション・アカデミーの、かなりアセンションが進んでいるインストラクターも、「天」の部分がつながってきて、地上セルフのハートと高次がつながりやすくなったと言っていました。

そして十二月の莫大な「キリストMAX！！！」の動きの時に、もしかするとその次は「マリアMAX！！！」かなと思っていたのですが、やはりその通りの2016幕開けとなったのです。

2016アクエリアス＆アセンション・ゲイトとして！！！

――――しかし……！！！！！

ここの旧宇宙全体、太陽、地球のエネルギーが無い！！！　という事実は変わりません。それは年が明けても変わらず……、

（エネルギーに敏感な人は同様かと思いますが、私も特に太陽のエネルギーと連動しますので、力が出

ず……）

いったいどうしたものかと思っていたところ、

いよいよ、ある動きが始まったのです！！！！

地上のアセンション・ライトワーカーたちの最終アセンションが終わるまでの間だけでも、エネルギーを少し増やせないか、どこからか応援はないものかと思っていたところ……、

突然、その応援が来たのです！！！！！！

それは、地上からではありませんでした（地上でできるレベルではなかったようです）。

なんと表現したらよいのでしょう。

かつて観たことがあるもの。知っているもの。

しかし想像もしたことが無かったほど壮大な……！！！

――――ある瞬間に、壮大な「艦隊」が、宇宙空間を埋め尽くしたのです！！！！！

何の艦隊なのでしょうか！！？

この艦隊は、宇宙すべての【愛】そのものだったのです！！！！

【愛】という目的のために！！！！　宇宙のすべてから集結した、宇宙のすべての艦隊だったのです！！！！！！！！

すべての艦隊とそのクルーは、三次元のものではないので、三次元的に姿形を表現することは実際にはできないと思いますが、分かりやすいヴィジョンとして観ると、一見、誰もが思い描く艦隊のように観えました。

すなわち、まさに「宇宙戦艦ヤマト」のような感じです（笑）。

艦隊のボディ、全体、室内も、全部が「赤」に観えます。

すべてが愛のエネルギーでできていて、愛が満ちているのです。

すべての艦隊とそのクルーは、【愛】＝ハートのエネルギーで来ていますので、三次元的な視覚では観えないようです。

しかしそのすべての艦隊が！！！　整列した瞬間！！！！！！！

それはまさにひとつの銀河の大きさくらいに観えたのですが！！！

動くのもしんどいくらいのエネルギー不足感が、明確に、一瞬にして、パワーアップしたのです！！！！！！

さらに、あるとても重要な秘密（！！？）が、この艦隊にはありました！！！！！

それが、この艦隊が出現した理由の一つともなっています。

実は、２０１６アセンション・ゲイト＝アクエリアス・ゲイトは、前述の通り、中今最新（暫定）の聖母庁であり、本来はそれだけでＯＫだったのです。

その中心に、根源からのエネルギー（シャフト、スシュムナー）がつながっていましたので、このエネルギーとレベルにつながることができる地上のポータルが増えれば、ＯＫでした。

……しかし！！！

やはり13D、聖母庁というだけで、我々のアセンション・アカデミーのメンバーも、その地上セルフは確信犯的に！？（笑）「ムリ～～～」と決め込んでしまうようでした！！！（笑）

高次はある程度分かっているようでしたが、宇宙空間に燦然と輝く「聖母庁」のゲイトがあるだけでは、やはり誰も寄り付かない……（笑）。

そこで高次は考えました！！！

なんと、地上のアセンション・ライトワーカーが大好きな（！！？）「艦隊」で！！！！

その聖母庁の「ゲイト」を、隠してしまおう、と！！！！！！（笑）

―――しかしそれは、とても本質的なことでもあったのです。

実は「艦隊」にとっても、その『根源のゲイト』が、すべての艦隊の真の【動力源】であるとのことでした！！！！！！！！！！！

ゆえに実際に、すべての艦隊の中心＝動力炉が、『根源のゲイト』だったのです。

……そして！！！　２０１６新年の幕開け、アセンション・アカデミーの最初のエネルギーワーク（ワークショップ）で、まずは「艦隊」に乗船する！！！　というテーマで行った時……！！！

聖母庁のゲイトだと、全然つながることができなかったのですが、高次＝ハイアーセルフ連合の思惑通り（！！？）皆さん、すぐに乗船してきたのです……！！！！！（笑）

――そして前述のように、この「艦隊」は、宇宙のすべての【愛】の艦隊です。

【愛】でつながる、すべての連合が参加しています。

※それは、皆さんのハイアーセルフも含めたすべてです！！！！！！

初めて明確にこの「艦隊」に乗船（フォーカス）して、最初に気づいたことの一つは、ブリッジと思われる所にある計器のようなものが、一種類しかない、ということでした。

その計器とは！！！　なんと！！！！！

【愛】のエネルギーだけを測定するものだったのです！！！！！！！！

それが、すべての艦隊のブリッジにあるのです。

そして艦隊が、地球の地上をその計器で映し出している時………。

悲しいことに、最初は計器が宇宙空間（のブラックホール）を計っているかのように、全くのゼロではないのですが、ほとんど光点が観られませんでした……。

しかし……地上のアセンション・ライトワーカーが、「艦隊」に明確に乗船してくるにしたがって、少しずつですが、だんだんとその愛の光が増えてきたのです。

「艦隊」に乗船するということは（宇宙連合もよく同様のことを言っていますが）、実はすでに最初から乗船している「ハイアーセルフ」に気づく、ということなのです！！！

ハイアーセルフと一体化、合体するということなのです！！！！！

ハイアーセルフとは、まずは、自分の【ハート】です！

純粋な【愛】のエネルギーです！！！！

そこでアセンション・アカデミーでは、まずは、各自が、自分の純粋なハート、純粋な【愛】になることから始めていきました。

皆さんも、ぜひやってみてください。

すると、皆さん次々と！！！　艦隊のブリッジにいる自分＝ハイアーセルフを思い出し、一体化していったので！！！！！

そしていよいよ、重要な動きが始まっていきました！！！！！！

実際にこのワークを行った多くのメンバーが体験したのは、まずは、ここの宇宙＆銀河の創始の、オリオン星人の時代とそのエネルギーを思い出したということでした。

前著でもお伝えしましたが、創始のオリオン星人は、根源とつながった通称「ハート星人」と呼ばれる外観とエネルギーで、まさに愛のエネルギーの化身であったのです。

皆さん、それを思い出し、そのハイアーセルフと一体化していきました。

そしてここからが、いよいよ核心の動きに入っていきます！！！

「ハート星人」になった人たちは、次のシフトの、より本番に入っていきました！！！！

まるで、真にハートと一体化してハート星人となり、艦隊の中心の動力炉＝根源の光の中心に、次々と吸い込まれていくように観えたのです……！！！！！！


詳しく観察していくと、次のようでした。

まず、真にハートと一体化して、ハート星人になる。

次に、ますます、自己の中心の【愛】のエネルギーを高めていく！！！！！！

＊ここで皆さんにお伝えしたことは、一番分かりやすい表現として、【愛の度数】についてです。
皆さんが感じる【愛】と、根源の光とは、本質的に違いはない。

虹の光線をイメージすると分かりやすいと思います。赤の光からスタートして、温度とエネルギーがどんどん上がると、根源の白になっていく！！！！！！

それが中心の中心、根源の根源、核の核！！！


自分の【愛の中心】の度数、温度、エネルギーが、高まっていくほど、根源に近づいていく！！！！！！！

なぜなら、根源とは、すべての根源だから！！！！！！

愛の根源だから！！！！！！！！！！！

――――そして、自分の【愛の中心】の度数、温度、エネルギーが、【根源】に近づいてくると

……！！！！！

その人たちは、存在そのものが、『根源の（チビチビ）ゲイト』になったように観えました！！！

それを通称、「ゲイト星人」と呼んでいます（笑）。

全身が、一四五頁の絵の中心＝根源のゲイトのようになって、そこに手足が生えている感じなのです（笑）。

それは、まさに文字通り、根源の「ゲイト星人」そのものであり、地上のすべての存在にとっての、チビチビ「根源のゲイト」そのものとなったのです！！！！

そしてその人たちは、ハート星人→ゲイト星人を経て、真に『根源のゲイト』の中に入っていったの

です……！！！！！！！！

日の本のアセンション・ライトワーカーが、ハート星人→ゲイト星人となり、『根源のゲイト』につながる時！！！！！！！！！！！

二〇一五年末から切れていた、新アセンション宇宙とここの旧宇宙の座標が、つながってきたのです！！！！！！！！！！！！！！！！！！

――――ワームホールのように観え、ワープでもあると感じました。

※それは、自分の愛の中心から、宇宙の愛の中心へつながり、そして無限の愛の根源へつながる、愛のスターゲイトだったのです！！！！！！！！！！！

中今最新（暫定）の聖母庁のゲイトについてお伝えしましたように、この２０１６アクエリアス＝アセンション・ゲイトは、中今のアインソフを通って根源へつながっているのが本来なのですが、我々のアセンション・アカデミーでレベル３と呼んでいる高次の宇宙の領域は、まだ皆さんは正式にはつながっていませんので、その領域も暫定でワープしました（笑）（ここの旧宇宙の緊急事態のため！！！　ただし、この緊急暫定の超ギフトのゲイトが開いているのは、長い間ではないと高次は言っています）。

そして、そのゲイトを抜けると（ゲイトからワープすると）、どこに出ると思いますか！？

なんと（暫定でアインソフを飛び超え）、根源神界に一番近い、根源天界（新Ｇ）の座標に、突然出てくるのです！！！！！！！！

これは本書でもお伝えしてきましたように、日の本のアセンション・ライトワーカーが、これまでにある程度、新Ｇとのつながりを創ってきたからです。

本書でもお伝えしましたように、新Ｇとの第一弾のつながりは、第一光線＝愛の意志、意志の愛のエネルギーを、まずはひたすら上げてパワーアップしていくことだけでもつながっていくからです。

――――ここまでの動きについて、本書巻末の寄稿でもＬｏｔｕｓさん自身が書かれていますが、皆さまの参考に、Ｌｏｔｕｓさんのプロセスについて簡単にお伝えしたいと思います。

Ｌｏｔｕｓさんについては、私の最初の著書、『天の岩戸開き』から登場しますので、皆さまご存じかと思います。

Ｌｏｔｕｓさんのミッションは、まだまだこれからいろいろあると思いますが、現在までのところを一言で言うと、「ひな形」です。

何のひな形かというと、まず最も分かりやすく言えば、「Ｌｏｔｕｓさんにできれば、地上のすべての人類にできる！」というひな形なのです！！！（笑）（アカデミーでも同じ）。

Ｌｏｔｕｓさんの地上セルフは、とても一般的な普通の人だからです。

どちらかというと、いわゆる「できすぎ君」ではなく、むしろその逆です（のび太くん？・）。

なんか人より遅い感じがする……。努力してるのにできない……！？　そんな感じです（笑）。

しかし、本当の意味の「ひな形」、これからますます成っていくであろうひな形の意味が重要です。Ｌｏｔｕｓさんは、本来、誰もが生まれながら持っているはずの、この上なく純粋な『魂』を持っています。

（しかし、多くの皆さんのように、これまでの地上生活により、いわゆる〈脳みそＹ〉（＝ハート＝エネルギーで感じるのではなく、脳みそだけで考え判断してしまう）にまだまだ悩まされています（笑）。このクリアも、皆さんと共通のテーマでありひな形です。

しかしだんだんとハイアーセルフにつながり、一体化している時間が長くなってきています。

その純粋な『魂』のエネルギーは、皆にとても重要な変化をもたらします。

そして自分のハイアーセルフ＝根源の御神体と一体化すると、まだ本人の地上セルフはハテナ（！？）ですが、潜在的に統合された、謎の神界のＤＮＡ（！？・）を発信することが、ここ最近増えてきています。

それが本来のミッションであると思われます。

＊＊＊＊＊＊＊＊

Ｌｏｔｕｓさんのシフト

ここまでのテーマにおけるＬｏｔｕｓさんのシフトは、最初、他のアカデミーのメンバーとあまり変わらない感じがしました。

けれども、艦隊への乗船＝「ハート星人」のイニシエーションについて、Ｌｏｔｕｓさんとセッションをしていた時に……！！！

まず、「艦隊に乗船している自分とは！？」という私の質問に対して、最初Ｌｏｔｕｓさんは、（Ｎみそで〈笑〉）「地球維神」とか、わけのわからないことを言っていましたが（笑）、「艦隊に乗船している自分（のエネルギー）を、感じてみてください！！！」（感じたこと以外は言うな！！！）と言った時に！！！！

突然！！！「ハート星人」（ブヘブへの〈笑〉）に変身したのです！！！！！！

自分がかつて、ここの宇宙の創始、銀河の創始に、「ハート星人」だったことを思い出したのでした！！！！

そして、二月上旬に、根源の〈核〉のゲイトのワークに入っていきました。

自分の中心の核＝ゲイトが分からない、とＬｏｔｕｓさんが言うので、私は、この項の後半で述べる、「白鬚仙人の夢のお告げ（！？）のお年玉」についての話をＬｏｔｕｓさんにしました。

白鬚仙人から、夢のお告げ（！？）で、「二月の節分に夢の中で御年玉を贈る」というメッセージがあったのですが、Ｌｏｔｕｓさんが根源神界のお父さん（！？）からもらった御年玉は、『根源の子供の分《わけ》御霊《みたま》』であると思う、と話しました。

御年玉のポチ袋に入っているようなが、小さな、神聖なフォトンの『根源の子供の分御霊』がいくつか入っているようなヴィジョンでした。

それを受け取った、子供の姿のような御神体のＬｏｔｕｓさんは、まるでお小遣いをもらった子供のように、すぐに何かを買いにいくような感じで、喜び勇んで駆け出したのです！！！

実際は、何かを自分のために買いにいくのではなく、「ただ、ただ、みんなのためにそれを使う！！」ということしか考えていなかったのです。

それがＬｏｔｕｓさんの喜びであり、魂の本質！！！！

……と思うよ、という話をＬｏｔｕｓさんにしました。

それでもまだ、自分の愛の〈核〉のイメージが湧かないと言うので、Ｌｏｔｕｓさんのハイアーセルフから伝わってくる、Ｌｏｔｕｓさんの「ゲイト星人」についてお伝えしました。

「それは、さっきの『御年玉』の話と同じで、Ｌｏｔｕｓさんのハイアーから伝わってくる想い、願い、愛とは、自分のすべて！！！　自分の原子のすべて！！！　自分のフォトンのすべて！！！　を、みんなのために使うこと。それしか願っていない！！！　それがＬｏｔｕｓさんの真の本質であり、愛！！！」

と、お伝えした時に……！！！！！

突然、前著にも出てくる、【愛のイニシエーション】のエネルギーとなったのです！！！！！

それは、愛のハートの赤のフォトンと、神聖な魂の白いフォトンが、突然、大爆発した感じでした。

目も眩むほど輝く天界の根源のダイヤモンドほどの分かりやすい波動性エネルギーのゲイトではないのですが、潜在的に同等以上のエネルギーを持つ、神界（魂）のエネルギーも入った、粒子性の愛のゲイトという感じです。

そしてこのテーマの最終のシフトが、二月中旬のワークショップの時でした。

Ｌｏｔｕｓさんが、皆のいろいろなシフトを観て、ちょっと頭が混乱しかけ、ＮミソＹ（笑）になりかかっていた時……。

私は、一言だけ伝えました。「原理原則を忘れていませんか！？」と。

その「原理原則」とは、人それぞれいろんな表現があると思いますが、一言で言うと、【一番大事！！！】です！！！！！

自分の核心の核心！！！　一番大事なこと！！！　永遠に一番大事と感じること！！！

そこからしか、すべてにつながらない！！！　そこからのみ、すべてにつながる！！！

それがＬｏｔｕｓさんの場合は、前著の「愛のイニシエーション」のように、「あ・い」という言霊だったのです！！！！！

Ｌｏｔｕｓさんが、それを思い出した瞬間……！！！！！！

実際に、超新星爆発のようなパワーだったと思うのですが、目も眩むような光が観えた後、そこには、等身大の「ゲイト星人」になった地上セルフのＬｏｔｕｓさんがいたのです……！！！！！！！！

そして前後しますが一月後半のワークショップの最終日、根源の座標とつながるある神社での神事の時に、次のステップの重要なシフトが起こりました。

それはトータルでは、中今の宇宙のアセンション・ゲイト＝自分の究極の、愛の中心のゲイト！！！をくぐって、ワープし、新アセンション宇宙の、根源神界に一番近い、根源天界の新Gとつながる、というシフトです！！！！！！

これも、日の本のアセンション・ライトワーカー全体では、まだ始まったばかりです。

とても不思議な感じのシフトでした。

このレベルの次元とのつながりは、アカデミーのメンバーは潜在的に何度も体験はしているのですが、これまではチャンネルでつながったり、第一光線で潜在的につながったり、潜在的なポータルとなったり、というものでした。

しかし、今回のシフトは、根本的に違うものだったのです！！！！

「根源のゲイトにつながる」という昇殿参拝が終わった直後、Ｌｏｔｕｓさんのエネルギーが、まったく変わっていたのです！！！！！！

私はいつものように普通に話していたのですが、Ｌｏｔｕｓさんは、何を聞いても、この上なく神聖なブヘブへ（涙と鼻水！）状態ＭＡＸなのです。

そのエネルギーを観てみると、これまでとはまったく違うことが分かりました！！！　これまでは、頭で聞いているのか、耳で聞いているのか、ハートで聴いているのか、魂で聴いているのか、ハイアーが聴いているのか、なんだかいつもよく分からなかった（たぶん本人も！？〈笑〉）のですが、なんと……！！！！！

Ｌｏｔｕｓさんの史上初めて！！！！！！

私（Ａｉ）の本源＝根源のハイアーからの、すべてのエネルギーと情報を、ほぼすべて！！！　自分の中心で受け取っているのです！！！！！！

それは、とても不思議な感じでした。まず、Ｌｏｔｕｓさんの中心が、不思議な日の丸のように観えました。その日の丸は、赤と白のフォトンのようで、そこに根源神界のＤＮＡと、根源天界のＤＮＡが贈られていく……そうとしか言いようがない感じでした……！！！

この時、第一弾、初めてＬｏｔｕｓさんは、（根源からの）真にすべてを、情報とエネルギーが一体化した波動＝言霊で受け取ったのです。

そして本人もそれを、明確に体感し、認識したのです。

常に１００％実践できる再現性とギネス更新は、まだまだこれからですが、地上では史上初と言える、そして今後の全体のシフトを表す、とても重要な出来事でした！！！！！！

――そしてここからがさらに、最終の本番となり！！！！

本書のメインタイトルであり、そして根源へのアセンションの真の始まりとなる、次の動きへと入っていくのです！！！！！

＊＊＊＊＊＊＊

そして二〇一六年一月の後半に、地球の中心とつながる場所で、とても大切なエネルギーワークが行われました。

その時に、たいへん重要なことが起こりました！！！！！！！

なんと！！！

「艦隊」の旗艦の中心が！！！　地球の中心と重なったのです！！！！！

まるで地球の中心から、艦隊の旗艦が生えてきたように観えました！！！！！

地上が、艦隊のブリッジとなったのです！！！！！！！！！

そして、これまでのトータルの動きの重要なポイントのひとつは、「ゼロポイント」を合わせる、ということであると言えます。

根源の中心から、宇宙のアセンション・ゲイトの中心（艦隊の中心）、地球の中心、皆の中心、そして一人ひとりの中心＝核＝ゼロポイントを、すべてひとつにつなげていく！！！！！！

すなわち、史上最大の！！！　ワームホールであり、ワープである、『アセンション・スターゲイト』を創る！！！！！　ということなのです！！！！！！！！！！

その時に！！！

史上初めて！！！　根源の新Gまで届く、アセンションの赤い柱が、地球の中心から立ち昇りました！！！！！！！！

そして、ここまでの一連のアセンション・ライトワークの仕上げとなる神事＝昇殿参拝を、地球の中心とつながる座標のある神社で行った時に！！！！！

根源へのアセンションの真の始動。これまでのすべての終わり。これからのすべての始まりが、始まったのです。

それについては、次の最終の項でお伝えしていきます。

根源の岩戸開き

これまでの、宇宙史すべてのアセンションの仕上げとなる神事。

そして、新しいこれからのすべての始まりとなる神事を、地球の中心とつながる座標のある神社で行った時……！！！！！

それは始まりました。

――――それは、神事が始まる少し前から、遥かなる根源から、近づいてきました。

――――遥かなる根源から……！！！　その莫大な光が、我々の、それぞれの中心をめがけて、どんどん、どんどん、一直線に、近づいてきたのです！！！！

そして神事（日の本のアセンション・ライトワーカーの昇殿参拝）が、クライマックスにさしかかった時……！！！　それは起こりました！！！！！！！！

それは次のように観えました。

遥かなる、根源神界の中心から……！！！！

その根源のエネルギーが、地上の皆の、一人ひとりの頭上に、垂直に、一直線になって降りてきた……！！！！！！！！！！！

まるで、根源からの『スシュムナー』のように観えました。

根源神界のすべてのエネルギーを……！！！！！！！！

直径15センチくらいの柱に、すべて統合した時に、どれほどのエネルギーとなるのか、想像ができるでしょうか……！！？？

それはもう、無限大のエネルギーの「ビーム」のようにも観えます！！！

――根源神界のすべてが、核心にまで統合されたエネルギー。そのイニシエーション。

そのエネルギーは言語を絶する莫大なものであり、実際に神事に参加した日の本のアセンション・ライトワーカーでエネルギーが明確に観える人たちも、その多くは、ただ、ただ、（まるで宗教画のように）「無限に莫大な光が降り注いだ」としか言いようがない、というような感想でした。

たしかにエネルギーとしては、空のすべてを覆い尽くすほどの莫大な光なのですが、私から観ると、明確に、根源神界の莫大なエネルギーを、少なくとも直径15センチくらいまで絞った！！！　統合したもの！！！！！

――これまでにも何度か近い体験はありますが、本当に無限で莫大な根源の光のエネルギーになればなるほど、逆に、一見とても静かで、むしろ静止しているように観えるということを、さらに実感しました。

それが地上セルフに、そして地上に触れた瞬間に、解凍されて（！？）その莫大な無限が爆発する！！！

という感じです！！！！！！

――そして、これがまさに『始まり』であるということが、ますます明確になっていったのです！！！！！！！！！！

そして、二月の節分（立春）となりました。
前項でも少しお話ししましたように、地球神のポータルの（！？）謎の白鬚仙人様より、この二月の節分に御年玉を贈るというメッセージをいただいていましたので、重要なものを受け取られた皆さまも多いのではないかと思います。

私（Ａｉ）が受け取ったこと＝二月の節分の夜から次の日の朝にかけて体験したことは、次のようなものでした。とても明確でリアルな体験だったのです。

――それは突然、ある場面から始まりました。
一四五頁のヴィジョンとエネルギーそのものが、目の前の宇宙空間にありました。
そして突然、地球神の声が聞こえてきました。
「それが、おまえのやりたかったことだろ！？」と！！！

……突然言われても……！！！？？？（笑）という感じで、何のことだろうと思いましたが、このアクエリアス・ゲイトの意味と目的を思い出し、このエネルギーで【共鳴】を創り出すということを（地球神が）言っているのだ！！！　と分かりました！！！

そして共鳴が起こりやすいという地球のある不思議な場所で、日の本のアセンション・ライトワーカーが集まって、この13Dと根源のゲイトの核のエネルギーを共鳴させるエネルギーワークを行いました。

その13Dのエネルギーと響きは、とても不思議な感じで、実際は地上の音楽ではないのですが、一番近いものが、ある有名な讃美歌だと感じました。

そして次に場所と場面が変わり、なんと、日の本のアセンション・ライトワーカー皆で、インナーアースの中心へ入っていったのです！！！！！！！

すべては分かりやすいイメージのメタファーだと思いますが、その中今の入り口は、少しレトロな国際会議場のような感じでした。

そこには、地球神＝白鬚仙人様もおられました。

そして地球神＝白鬚仙人様は、今から、地球の中心で、皆でエネルギーワークを行うと言うのです！！！！！！！

私は、カモフラージュされた迷路のような所を通って、「地球の中心」の場所を探しに出かけました。

――すると、ほどなく見つかったのです！！！！

――地球の、中心の、中心。

前著のスーパーグランドクロスのお話でお伝えしましたように、かつては何も無く、ただ水のおもてを霊＝地球神＝アクエリアス観音が覆っているだけでした……。

（二〇一五年末に、同じ場所を体験したメンバーもいました）

しかし、その後の地球と日の本のライトワーカー、宇宙のすべてのライトワーカーの動きにより

……！！！！

なんと中今、地球の中心の中心は、とても不思議な場所に変わっていました！！！

これが「本来」（創始の地球）に近いのかもしれないと思いました。

――――それはとても不思議な場所でした。

「地球の中心の中心」の広さは、前著のスーパーグランドクロスの時と同じで、それほど広くはなく、草野球ができる程度です……。

そして「地球の中心の中心」は、その外側全体が、クリスタル（水晶）のようなものでできた、球体のドームに包まれています。

そのクリスタルのドームの外も、地球の中心部ですが、この地球の中心の中心の外にも、海があり、イルカたちが泳いでいます……！！！！！

そして「地球の中心の中心」のクリスタル・ドームの中は、昼間のようにとても明るいのですが、なぜかどこにも光源が見あたりません……。

そして「地球の中心の中心」の地面（！！？）は、辺り一面、ただただ、青々とした緑の草が生い茂り、見渡す限り草原のようになっています。

他には何もありません……。

（アストラル界の基本の原型のようだな、と思いました）

――――しかし、よーく観てみると……！！！！！！！

地球の、中心の、中心の、中心に……！！！！！！！

すなわち、「地球の中心の中心」の、クリスタルドームの中心。その草原の広場（公園！？）の中心。

地球の「ど真ん中」に！！！！！！！！！！！！

――――あったのは、地球！！！！？？？？？

――――それは、地球の、地球の、地球！！！！？？？？？

……すなわち、「地球の地球」のような、超ミニサイズの「地球」そのものが、そこにあるとしか言いようがないのです。

それは、モニュメントのように観えました。

その超ミニサイズの「地球」は、台座のようなものに載っており、その台座には何か書かれているように観えました。

（私はその地球のモニュメントを、10メートルくらい離れた所から観ていました）

その「地球」のモニュメントは、かなり小さく、その「地球」の大きさも、50センチ以下（36センチくらい！？）くらいです。

一見とてもシンプルで、草原の広場と自然に一体化していて、よーく観なければ見落とすくらいです。

私は、それ（中心の中心の中心の地球のモニュメント）を発見すると、ただちに、地球神＝白鬚仙人様と、ライトワーカーたちに連絡にいきました！！！！！

（なぜか、そのモニュメントに近づこうとか、触ろうとは思いませんでした。不用意に近づいてはいけない感じがしました。台座の注意書き（！？）は読んでいませんが、それも書いてあったのかも！？）

そして「地球の中心の中心の中心」を見つけた！！！　と、白鬚仙人様とライトワーカーたちに報告すると、白鬚仙人様は、「では今から、地球の中心の中心の中心で、エネルギーワークをするぞ！！！」と、言いました！！！！！

――そこでこの体験が終わり、肉体の地上セルフに戻ってきたのです……。

今からが！！　中今が！！！　まさにそのエネルギーワークなのです！！！！！

――そして、本当の終わりであり、始まりとなった、史上最大で最重要の動きは、二〇一六年の真正月、二月十一日からとなりました。

この日は、アカデミーの日の本のライトワーカー全体にとって、重要なワークショップの日でした。当初の予定は、ここまでのＴｏｐ＆Ｃｏｒｅの動きである、「ハートとの一体化、根源、中今のアセンション・ゲイトとの一体化と通過」（イニシエーション）の詰めが、主な目的でした。

――しかし！！！！！

根源のアセンション・ゲイトの核と、皆がつながり始めた時に！！！！！

それは起こったのです！！！！！！！！！！

――――想像したこともない……、しかし、遥かなる昔、二〇〇〇年前頃に、神話時代に、何億年も前に、たしかに「知っている」ものだったのです……！！！！！

――――それは、次のようでした。

その瞬間、突然、私自身が、完全に、根源神界のポータルとなりました。

そして莫大なそのエネルギーが、会場すべての日の本のライトワーカーへ贈られていきました。

その時に観えた光景は、これまでに地上セルフが想像すらしたことのないものでしたが、遥かなる神話時代に、そして根源で、明確に「知っている」ものでした。

その瞬間、会場のすべての日の本のライトワーカー一人ひとりと全員が、この上なく神聖な根源のフォトンと白い着物に包まれ、美しい長い髪の女性神の姿となったのです……！！！！！！

そして一人ひとりと全員の胸の中心に、直径１５センチくらいの、『御神鏡』が誕生したのです……！！！！！！！

それはまさに、神話に描かれる『天照神』（のチビチビ）の姿、そのものだったのです！！！！！！！！！！

（――――実際にこのようなことが起きるとは、私の地上セルフは、想像すらしたことがありませんでした）

そしてこの時に、明確に！！！！

『根源天照皇太神』の声が、鳴り響きました！！！！！！！

この時を待っていました！！！

と！！！

神話の創始から、悠久の時の中で……！！！！！

そして、天孫降臨の時から、ずっと……！！！！！！

――――すべては始まりですが、本当に始まったのです！！！！！！！！！！！！

各自のハイアーセルフのレベルでは、この時に第一弾が完了したのですが、地上セルフに統合するプロセスとして！！！！！

真の（チビチビ）神人＝チビチビ天照の、真の一歩が！！！！

根源の、真のチビチビポータルになる、真の第一歩となりました！！！！！！！

しかし当日は朝から、いつもよりもさらに皆のハイアーセルフのエネルギーが強く、これまでに無いほどで、皆の地上セルフはハイアーセルフに踏みつぶされていた（！？　笑）くらいでした。

ゆえに、この超ウルトラ莫大の、史上最重要の出来事は、やはり多くのメンバーの地上セルフは、莫大なエネルギーは分かっても、ほぼ白目（笑）状態のようでした。正確な動きと内容と意味を、リアルタイムで地上セルフが分かったメンバーは、まだ少数だったのです。

しかし、やはりいつものように二、三日たつと、この史上最重要のイニシエーションを、明確に、正確に思い出し、地上セルフに統合できるメンバーが、全体の十パーセントくらいではありますが、出現し始めたのです。

そして元々のスケジュールでも、二月十一日が、全体の、超重要な根源のイニシエーション（の始まり）で、続く三日間が、少人数での強化ワークショップとなっていました。

そして続くこの三日間に！！！　さらなる超重要な動きとなっていったのです。

中今の超重要な動きの詰めの詰めとなる、少人数の強化ワークショップの第一日目は、まずはハートとの一体化、艦隊への乗船の詰めを進めていきました。

その中で、「ハート星人」と真に合体する人、「ゲイト星人」へとシフトしていく人が増えてきました！！！

二日目は、前述のように、Ｌｏｔｕｓさんの「ゲイト星人」シフト事件もあり！！！

さらに、根源天界まで地上セルフがつながってきた人は、神聖な縦軸が、根源まで届くスシュムナーのように伸びていきました！！！！！

インストラクタークラスのメンバーでは、私の目の前で、地上セルフが『チビチビ天照』に変容する人も現れ！！！　さらにその変容を明確に目撃するメンバーも現れました！！！

――――そして最終日の三日目が、ここの旧宇宙の宇宙史において、そして地球史において、史上初の、最も重要な動きとなっていったのです！！！！！！！

――――まずは二日目の夜に、とても重要な動きがありました。

眠る前によく行うエネルギー調整をしていた時のことです。

地球のポールシフトの危険性がある時に、よく体の軸の左右に違和感や痛みを覚えるのですが、特に二〇一五年末と二〇一六年始めから、それが強くなっていました。

その調整をいつものようにしていたところ……！！！　とても不思議な動きを感じました。

なんと！！！！！！　新宇宙と、旧宇宙が、だんだんと合体して、『紅白のタオ』になっていったのです……！！！！！！！！

タオとは陰陽、太極図のことです（次の図を参照してください）。

（ちなみにタオとは「道」という意味であり、アセンションを表していると思います）

通常の対極図は、白と黒の勾玉を合体した感じで、それぞれの勾玉の中心に、それぞれの白黒の小さな丸があります。

しかし……！！！　この時は！！！！！！！！

新アセンション宇宙が『白』を表し、ここの旧宇宙が、次の図ではモノクロなので黒になっていますが、実際には黒ではなく、「全艦隊」によって『赤』になったのです！！！！

そして、それぞれの紅白の勾玉の中に、それぞれまた2つの丸があるのではなく、なんと、前頁の図のように、中心がひとつとなりました！！！！！！！！！！

――――これは、ここから起こる出来事を、とてもよく表していました。

次の日の朝、目覚めてみると……！！！！！！！！！！！

……まだ部屋のカーテンを開ける前に、なぜか『太陽』のエネルギーを強く感じました。

しかし、それだけではありませんでした。

なんと！！！　いまだかつて、観たことも、聞いたことも無いことが起こっているのです！！！！！！！！！

高次のアカシックにすら、これまでに記されたことがないことなのです。

……なんと表現したらよいのでしょうか……。

太陽そのものが、太陽系のすべてが、次の絵のようになっていたのです……！！！！！！！！！！

太陽を中心に、太陽系のすべてが、超巨大な「ディスク」のようになっている……！！！！！！！　としか、言いようがないものでした。

……それは、何かの金属でできているようでした。純金のようにも感じ、伝説のオリハルコン（アトランティスにあったと言われる伝説の金属）のようにも感じました……。

それがなんと、太陽を中心に、太陽系規模の「ディスク」となっている……！！！！！！！！

このようなことを、かつて誰かが、想像すらしたことがあるでしょうか！！？

……しかも、たった一晩で！！！！！！！

これはいったい何であり、何のためのものなのでしょう！！！？？？

――まず前日から、時々、あるとても不思議な感覚がしていました。

一言で言うと、『波動砲』の充填、としか言いようがないものでした……！！！

前述の、「すべての艦隊」による、ものなのです……！！！！

……まるで宇宙戦艦ヤマトのように、「波動砲充填８０％……９０％……」という感じなのです。その波動の響きが伝わってくるのです……！！！！！

――――そして！！！！！

この太陽系規模の「ディスク」とは、超巨大なパラボラアンテナのようなものでもあり、この根源（の艦隊）からの『波動砲』を受信し、受け止めるためのものである！！！　というメッセージが、高次の全体から伝わってきたのです！！！！！

それはある意味で、『根源へのアセンション・ゲイト』の逆バージョンであり、『根源からのゲイト』である、と！！！！！！！！

※そしてそれは、日の本のアセンション・ライトワーカーの尽力により、地上から根源まである程度つながったから、今この瞬間、史上初めて、第一弾が可能になったのだ、と！！！！！！！

では、その根源の波動砲とは、何のためのものなのでしょうか！！？

そこにはいくつかの、とても重要な目的がありました。

まずは太陽系の太陽に、根源からのエネルギーを届けるためです。

そして、地球の、地上の、人類すべて。特に『神人』（候補）になる準備ができた、日の本のアセンション・ライトワーカーに！！！　その一人ひとりの中心に！！！　根源のエネルギー＝光を届けるために！！！！！！！！！

――――その想像を絶する、超ウルトラ巨大な、太陽系規模の黄金のディスクは、パラボラアンテナであり、根源からのスターゲイトでもある！！！！！！！！

そのエネルギーは、すでに少しずつ、動き始めていたのです！！！！！！！！

それを一晩で可能にするというのは、もはや最高次の艦隊ならではであると思いました。

そしてこの太陽系規模のディスクは、超ウルトラ巨大であることを除けば、二月十一日に起こった、一人ひとりの『御神鏡』のイニシエーションと、本質的に同じものであると思いました。すべてがつながっている、と！！！！！！

というわけで、三日目は、朝から少し白目になっていましたが……！？（笑）

その日の天気予報は大荒れ、大嵐の曇りでしたが、外に出てみると、なぜか美しく晴れ渡っていました

（もしかするとある座標においてのみだったかもしれません。ディスクの中心状態という感じでした）。外で太陽を観てみると、やはりディスクの中心としか感じられませんでした。美しい空と光でしたが、謎の春の（大嵐！？）のようで、ポールシフトの前触れの磁気嵐のように感じました（波動砲による大嵐でもあったようです！）。

まさにすべてが、ギリギリのタイミングで動いているのだと思えました！！！！！

そして皆が集合し、ここまでの動きのシェアリング（ガイダンス）が行われました。

このガイダンスの時に、またとても重要なことが起こりました。

一月に地球の中心とつながる座標で神事を行った折に、根源神界から初めて地上につながった（ビームのように！）という動きの解説をしていた時のことです。

私（Ａｉ）が皆に直接伝えるよりも、そのエネルギーを体験・体感したメンバーが話した方がより伝わるだろうということで、その神事の帰り道の車で、そのエネルギーを体感したＬｏｔｕｓさんに、その時感じたことを伝えていただきました。

Ｌｏｔｕｓさんは、ガイダンスの後半に、突然、不思議なことを言い始めました。

「今、Ａｉ先生がエネルギーを変えています！！！」と。

私は、Ｌｏｔｕｓさんがどういう意味で言っているかはだいたい分かりましたが、一言だけ言いました。

「私は何も変えていませんよ！！！」

……そして数秒後、

「【受け取るレベル】で変わるのです！！！」と続けました！！！

――――この瞬間！！！！！

またもや、今生、体験したことが無いことが起こりました。

突然、Ｌｏｔｕｓさんが、雷に打たれたかのように驚いた顔になり、仁王立ちとなって、フリーズしました。

そのまま、どれくらいの時間が経ったのでしょう。少なくとも３０秒くらいそのままでした。

……そしてだんだんと、滂沱の涙となっていったのです……！！！！！！

――――その時！！！

またもや、私の背後（！？）から、莫大な、謎の根源の光が、Ｌｏｔｕｓさんめがけて発射したのです！！！！！！！！！！！

動きとしては、二月十一日の根源太陽神の御神鏡のイニシエーションと似ていましたが、エネルギーの質が少し違うようでした。

……それは、さきほどの会話のように、本来常に在るものであり、【受け取る側の準備】ができた時に、御神鏡＝ディスク＝受信のパラボラの準備ができた瞬間に！！！！発動するように感じました！！！！！！

――――そしてＬｏｔｕｓさん（後から聞くと、多分にハイアーセルフモードだったようですが）は、その瞬間、まるでそれを待っていたように！！！　その根源からの莫大な光を全身で受け止め、等身大の鏡のようになり、そして会場の皆の方へ向き直って、全員へ、そのエネルギーを明確に転送し始めたのです……！！！！！！！！！！！！！！

……そこからは、今まで体験をしたことが無いような、不思議な時間が流れました……。

五分くらいのようでもあり、永遠のようでもありました……！！！！！！

なんとも不思議な光景と状況なのですが、私の背後から莫大な光がＬｏｔｕｓさんへ流入し、等身大の鏡のように、月のようになったＬｏｔｕｓさんが、会場の全員へ転送する。

その間、Ｌｏｔｕｓさんも、皆も、ただ、ただ、滂沱……！！！！！！

――――その光とエネルギーは、二月十一日の、根源太陽神の鏡のイニシエーションとは違うものでした。根源太陽神の御神鏡のイニシエーションの時は、まさに根源太陽神の、根源の太陽の分御霊そのものを、皆（のハイアーセルフが）が受け取ったという感じでした。

しかしこの時は、私の背後（根源）から来るエネルギーと、私を通るエネルギーは、根源の太陽の光なのですが、Ｌｏｔｕｓさんを通して、皆に贈られるエネルギーとなり、そこで変換されて、地球と地上セルフが肉体で受け取れるエネルギーに変換されているようでした。根源の月＝太陽の鏡のようでした。

――そしてトータルで分かったことは！！！！

実はこのエネルギーとは！！！

二百五十万年前、高次のシリウス星人が人類（特に日の本のＤＮＡを持つ者）に、ある時が来たら、ＤＮＡの封印が解けるよう仕組んだと言われていますが、なんと！！！　その封印を解くエネルギーだったのです！！！！

ゆえに、このＤＮＡの封印解除（神聖遺伝子起動！！！）のエネルギーは、根源から、そしてシリウスＣを通し、シリウスの月を通って、地球と地上のライトワーカーへ入ってきたエネルギーだったのです！！！！！！

そしてそのガイダンスが終わった時に……！！！！！！！

いよいよ、第一弾。終わりであり、新たなる始まりが始まったのです！！！！！！！！！

――それは、ここまでの、ここの宇宙のすべての歴史と、地球のすべての歴史を統合したものでした。

宇宙の創始であり、地球の創始。地球と人類の時間で言うと五億年前。

そして、これからの未来。

宇宙の創始からの、根源の神、すべての高次、すべての生命の、願い！！！！！

――それが、明確に形になって現れたのです！！！！！！

次頁の絵がそれです（カラー版は巻頭口絵にあります）。

――この時に……！！！！

すべての歴史、そして中今までのすべての動きが、ひとつとなったのです！！！！！！！

根源からの、すべてのゲイトが直列し！！！！！！！！！

そして、この日の朝の、太陽を中心とした太陽系のパラボラディスクが完成した時に、実はすでに、さらにその中心に、地球も入っていたのです。

根源からの、第一弾の波動砲が！！！　地球に届いたのです！！！！！

そして、この時に、全宇宙に鳴り渡ったのは！！！！！！！

この紋章こそが！！！！！

宇宙と地球の創始からの、正式なものである、と！！！！！！！

その名は、

神聖ヤマト皇国

であると！！！！！！

――ヤマトとは、神、そして日の本を意味します。

（そして大和とはマルテン＝根源神を意味します）


――二〇一六年二月十一日から始まった、この一連のアクエリアス本格始動！！！　の動きは、最後は神事で締めくくられました。

神殿全体が根源のゲイトとなり、すべてのゲイトがつながって、その中心は、太陽系のパラボラの、神聖な中心となっていました。


この神事が終わった時、太陽系の太陽の核融合がかなり活性化したのを感じました。

根源からのエネルギーを、太陽系のパラボラで、そして日の本のライトワーカー一人ひとりのパラボラで、受け取り！！！　共鳴し！！！　増幅して！！！！！！

＊＊＊＊＊＊＊＊＊

――以上が、二〇〇一年五月五日（ウエサク祭）から本格的に始まった、新アセンション宇宙、根源へのスーパーアセンションの、第一弾までの動きです。

『天の岩戸開き』に書きましたように、地球時間のAD二〇〇一年五月五日は、新アセンション宇宙（NMC）が誕生した日であると言えます。

同時に、ポールシフトという、地球と、ここの宇宙の最大の危機でもありました。

宇宙連合もよく言うように、ピンチ＝チャンス！！！　課題が大きいほど、アセンションも大きくなる！！！！！！！

いわゆる陰謀論の内容も、実際にあると思います。

しかし、すべては、大いなるすべて＝宇宙という神の中にあるのです。

その視点で観ると、様々な課題とは、ブラック・マスターでもあると思います。

実際に、危機が大きいほど、それに対するアセンション・ライトワークが大きいほど、サポートも大きくなり、アセンションの成果が大きくなるということを、実際に多々、経験してきました。

重要なポイントのひとつは、「そこから何を学ぶか、学べるか」という視点であると思います。この視点に気づいた時、そしてこの学びを得た時に、いわゆる「カルマ」は、その瞬間に消えると高次は言います。

二〇一六年二月の後半に、ここまでのすべての動きのフォローアップと強化のために、西日本と東日本でそれぞれ、日の本のアセンション・ライトワーカーが集結しました。

そして東日本で行われた時に！！！　なんと、前述のパラボラ・ネットワーク・システムの動力が、突然ダウンしたのです！！！！！！

その数日前から、担当ファシリテーターと、東日本（関東）に関係する話をしていました。
すなわち、関東＝東京とは、日の本の表玄関であり、最大の人口。
ゆえに、集合意識のポータルであると言える。
そして地殻としても、日の本全体の中心である。
ゆえに、関東＝東京が崩れると、そこだけの問題ではなく、日の本全体が崩壊する。

――そして、担当ファシリテーターを通して、プレアデス星人に関する話も出てきました。

実は私も二〇一五年の夏に、関東のエネルギー対策を含めたセミナーを東京で行った時に、関東の集合意識のポータルは、プレアデス星人にもつながっていることを感じていました。

――プレアデス星人は、これまでの様々な情報によると、地球人、特にアジア人の祖先と、密接な関係があります。ＤＮＡでは８０％以上と言ってもよいくらいのようです。

そして様々な理由により、ＤＮＡ操作もしてきたと言われています。それにより様々な問題が起きて、プレアデス星人の進化＝アセンションは、地球人類のアセンションにかかっている、というのが現状のようです！！！！！

そして関東でのワークショップの時に、それらのエネルギーが、すべて、一元化してひとつとなってきたようでした！！！！！！

集合意識の、プラスに上げるべき、アセンションするべきエネルギー。

人類につながる宇宙の集合意識（特にプレアデス星人！？）のエネルギー。

……それらのすべての負荷がかかった瞬間！！！　太陽系の暫定、仮設の(パラボラの)動力が、ドーーーン！！！と落ちたのです！！！！！

そもそもがゼロの状態のものでしたし、あと少しでも、地上で神人のための学びをするための動力（神人が増えれば、少しは増やせるかもしれない動力）です。

ゆえに、本当に元の動力が無いということを実感しましたし、関東（東京）の人口が多いことからの負荷が大きいということを実感しました。

そして、かなり前から白鬚仙人様からも何度も警告がありましたが、現在の関東（日の本）の集合意識のエネルギー状況では、本当に関東のアカシックも無いということを実感しました。

本当に、エネルギーを上げていかなくてはなりません！！！！！

その後、さらなる地上と高次のすべての動きにより、動力は少しずつ回復していますが、しかしやはり、そもそもゼロの上の状態のものであり、少しでも、地上で神人のための学びをするための動力であり、神人が増えれば、少しは増やせるかもしれない動力であるということに変わりはありません。

しかし！！！！！！

本書でお伝えしてきましたように、今、本当に、

『始まっている！！！！！』

のです！！！！！

根源の岩戸が、開いているのです！！！！！！

根源の神人の、真の第一歩が、真に始まっているのです！！！！！

これが、大きな希望となっていきます！！！！！！！！

ですから、ともに、全開MAXで、進んでいきましょう！！！

＊＊＊＊＊＊＊

――この章の最後に、白峰先生からのご了承を得て、白峰先生のご著書から、重要なメッセージを抜粋させていただきます。

『地球維新「十七条」最高法規 ガイアの法則（環境地理学）に基づく未来考察』（ヒカルランド）137頁より

「2016年の地球は魚座の時代から本格的に水瓶座の時代に入る。
その暗号は全ての意識の解放であり、地球人類のごく一部である宇宙遺伝子を持った人々のDNAの封印が解かれ《黄金人類が大変革》する時である。」

「国家風水百年の計」（明窓出版）131頁より

「もし地球がひっくり返るようなことになったら、助けてくれる人が控えています。

ただし、助けられる人は選考されます。ちゃんとアセンションということを学んでいないと、この地球から外に出せないのです。

なぜなら、宇宙存在と会った時にパニックになってしまうからです。

だから、ワンネス・ナビゲーションでは、今、学習をしなければなりません。

次の宇宙の、新しい次元に行かなければならないからです。」

第六章

アセンション・レポート

アセンション・レポート

この第六章では、これまで、特に二〇一五〜二〇一六年のスーパーアセンションを体験したアカデミーのメンバーたち（クリスタル・チルドレンを含む）のアセンション・レポートをお贈りします！！！

皆さま一人ひとりの、そして親子、家族のアセンションに参考になれば幸いです！！！！！

「うるうるMAXギネス体験記」　ジャーニー

二〇一六年二月十一日から数日間の、うるうるMAXギネス体験記です。

◎御神鏡を受け取る

二月十一日建国祭に、Ai先生の公式ワークショップにて、根源と地上のAi先生より、日の本のライトワーカー一人ひとりに『御神鏡』が降ろされ、受け取りました。

◎地球が太陽の中に入る

この日、朝から眩しい光が空間に満ちていました。

ガイダンスでＡｉ先生はおっしゃいました。

『朝起きたら、（中今の愛の艦隊が創った）太陽系規模のパラボラアンテナができていて、太陽の中心に地球が入った』と。

それは、地球が、根源太陽と太陽系の太陽をつなげる正中に入ったことを意味していました。

これは、一月の動きで、根源と地球の中心＝ゼロポイントが接続され、一月の神事で根源の光が凝縮されたビームが降ろされているからこそだと思います。

◎天孫降臨と帰還の中今神話

さらにＡｉ先生からお伝えいただいたのは、『日の本のアセンション・ライトワーカーは、創始と中今の天孫降臨のメンバーである。中今は、神話の続きである』と。

この日、根源の子供のひな型のＬｏｔｕｓ隊長の御神体（瓊瓊杵尊）を通して、根源の皇御母のポータル、Ａｉ先生の根源のフォトンエネルギー（根源の愛、光の神人ＤＮＡ）が、私たちのハートの根源、核神に届けられました。

そしてうるうるの純粋な愛で、ひとつになって響いていることを感じました。

すべてがうるうるのど真ん中。愛を超えた愛、絶対的な根源の母子の信頼の絆としかいいようがなく、根源の愛の中心（ゼロポイント）から産みだされ、産みだす爆発的な愛と光のフォトンエネルギー。

ただひたすら、涙と鼻水を垂れ流すしかありませんでした。

◎根源のポータル
二月の神事の昇殿参拝前に、ガイダンスでお伝えいただいたこと。

『今日はひとりひとりがパラボナアンテナ（根源からの光の受信、発神＝御神鏡）となり、地上に愛を拡大していく。すなわちそれは、根源のポータル、ゲイト、鏡である』

核神、細胞核すべてが熱く、理屈抜きのうるうるで震えました。

◎根源へ向かって
根源天照皇太神のポータルとなったＡｉ先生から降ろしていただいた、御神鏡＝分御魂を胸に、根源家族と命（ミコト＝使命）を共にし、中今神話の中で、根源に向かえることを、心から誇りに思いました。

玉串奉納の際、強い風が吹き、境内の絵馬がカランカランと鳴り響いていました。

まるで、中今の愛の艦隊に合流した、五億年前の艦隊とともに、すべての愛の艦隊の高次が、日の丸の旗を振っているようでした。

根源の愛の日の丸が、今、ひとつとなった！！！！

地球の中心で、日の本の中心で、無限愛の太陽へ向かって、特攻を開始しました！！！！

◎皇の星
『根源太陽皇国日本（ヤマト）』

太陽の中の地球（君が代の中心日本）となった。

同時に銀河の座標が超光速で移動しているとのことでした。
◎中今何が一番重要か！？
　アカシックの存続＝チビチビ神人になること。皇の星＝根源太陽皇国を、建国、創造することだと思います。

　そのプロセスは、高次、宇宙、あらゆる観点からみて、皇御母の根源太陽の、愛の光の共鳴とともに、神人のＤＮＡを体現すること。

　すべてはライトワーク→アセンションであり、『みんなのために＝世界人類のための地球維神＝宇宙維神のために』が原動力となり、それにより共鳴度数も大きくなると感じます。

　神話の中今。根源の皇御親の想いと願い。その気が遠くなるほど大きすぎる愛は、常に心のゼロポイントにあります。

　根源の子供として、純粋に愛し合う太陽のハートの絆で、うるうるのギネスＭＡＸ２４時間、根源の皇御母の愛の太陽の中の、うるうるの共鳴の幸せを、永遠無限に響かせ続けます！！！

「全開ＭＡＸでギネス更新せよ！」　彩子

二〇一五～二〇一六年の全体を振り返ると、毎週と毎日が地上の緊急事態という差し迫った状況の中、とはいえ、深刻ではなく、真剣に！！！　ワクワク、ウルウル、ブヘブへで！！！　真に地上セルフにすべてを統合し、ハートを開き、今すぐ地上セルフから始める！！！！！　という怒涛の動きとエネルギーが始動した年であったと思います！！！！！

これまでのアセンションは、主に、根源と高次とハイアーセルフ連合主導によるサポートがメインでしたが、中今、地球も太陽も集合意識も、もろもろ課題があるため、現実的に、もはや一刻の猶予もない。ゆえに！　今！　この瞬間も！　我々、地上セルフの一人ひとりの愛と、愛の実践のみが！！！！！　現実に、日の本を護り、日の本をアセンションに導く愛の動力源となっている！！！！！　それは、もはや他人事ではなく、自分事であり、地上のアカシックとすべてが、『われわれ一人ひとりにかかっている！！！！！』ということなのです。

中今の実践においては、一人ひとりの『一番大事』から始まり、地上セルフの愛の意志の『第一光線』の真っ赤な柱を、地上セルフの基底のエネルギーセンターからハート、１０００Ｄレベル以上、根源まで上げる！！！！！

『日の本を護る！！！！！』という意識を日の規模の大きさへ広げる！！！！！

そして、すべてを地上セルフの中心核にギューーーーッと集めて『愛する』！！！！！

すると、その願い、想い、祈りの絶叫！！！！！　その莫大なエネルギーが、まるで白分の中心、地球の中心に、核動砲のように集まり、大爆発！！！！！！

それは、私一人のものではない。根源、高次、宇宙すべての存在、仲間たちの、すべての祈りと願いと想いを凝縮したような、愛の雄叫びのような莫大なエネルギー！！！！！

その莫大なウルウル！！！！！　ブヘブへ！！！！！　そのウルウル、ブヘブへの体験をしたのならば、それが、宇宙すべての生命を生み出した、根源の神なる親心と愛の想いでもあり、一人ひとりとみんなの願いなのだから、それを叶えるために、使命と天命を尽くす！！！！　これが私の道であると思いました。

中今、一人ひとりの全開ＭＡＸギネス更新の実践と継続のみが、日の本のアカシックと希望のエネルギーを真に創造していると感じています。

ゆえに、日常の中において、たとえ離れていても！　どのような状況にあっても！　すべてを愛で見て、聴いて、感じ、話す。

『ポジティブ全開！！！』の実践と、一人ひとりが『自分一人でも日の本を護る！！！』

この強い愛の意志をもつ、最強の一人ひとりとして自覚を持ち、根源の愛のアセンション・プロジェクトを、最強の愛と信頼と絆で結ばれた同志である、根源の家族の皆さんと共に、最後まで諦めず、全開MAX&ギネス更新してまいります！！！！

『愛することは幸せなことである』とアカデミーの中で教えてくださったAi先生の言葉が、この実践を通して、本当に体験してみて、本当に無条件でそうである、ということがわかりました。

一見、シンプルで当たり前のような、『愛すること＝幸せ、喜び』ということが、本当の意味で自分の体験として初めてわかった時に、ウルウルブヘブへの大号泣となりました。

大事なことは、本当は隠されていないし、本当はみんなが元々知っていること。
そしてそれは、本当は誰にもわかるエネルギーである。
それが、私たちの真の幸せであり、喜びなんだと思いました。

宇宙の創始に、根源の皇御親から生み出された、我々一人ひとり。
『日の本を護る！！！』『日の本を愛する！！！』という中今、緊急の実践を通して、揺るぎなき愛の意志と、すべてを愛し護る強さを持って、内側から湧き出る生命の輝きと喜びによって、真の神人、真の太陽になっていく。
すべての存在を分け隔てなく愛し、慈しみ、育む、その存在、エネルギーそのものとなっていく！！！

その全開ＭＡＸの実践をさせて頂き、なっていくプロセスそのものの真っ最中である！！！！

それが日の本に住まう我々、日本人のミッションでもあり、日の本の大和魂でもあり、我々を生み出した根源と、一人ひとりの魂の約束！！！

今こそ！！！　悠久の時を超え、我々、地上と根源の子供たちが、その約束を果たす時が来た！！！！！

いざ、目醒めよ！！！！！　そして、愛の太陽として立ち昇れ！！！！！

今すぐに、全開ＭＡＸで、ギネス更新せよ！！！！！

それが、私たち一人ひとりを地球と地上に託した、根源とすべての高次から、今、地上に肉体を持つ我々と、皆さん一人ひとりへの、愛あふれる！　渾身の！　愛の激励とメッセージである！！！！　と感じます。

一人ひとりとみんなの願いを叶えるために！！！！！！

２４時間全開ＭＡＸ＆ギネス更新！！！！！！

ブヘブヘオーーーーーッ！！！！！！！

「ウルウルＭＡＸギネス更新日記」　アンジュ

アカデミーに参加して、まる4年がたちました。誰もが笑顔で幸せな世界……根源の世界を地上に創るために、たくさんの仲間と共に、日々、全開でがんばっています！

そして、自分の中心にある〈ハートと魂〉。それが、アセンションのために、この地上で何よりも大切なもの！　ということを学ばせて頂いています。

自分のハート（中心）から、発するエネルギーが空間に響き、相手のハート（中心）を響かせ、ハート（中心）とハート（中心）が響きあい、共鳴を起こし、時空を創りだして行く……。

根源のポータルであるＡｉ先生のハートと共鳴できるハート！　……全てが統合されたハートが必要なのです！

その実践の中で、大きくシフトした4日間の体験をシェアさせて頂きますね。

建国祭のセミナーで、Ａｉ先生が根源のエネルギーを地上に流して下さり、ハイアーセルフレベルですが、初めて根源との共鳴が（１０％）起こり、全員のイニシエーションとなりました！

地上のハートから始める！　という本当の始まりが始まった……それを、この後の3日間のワークショップで、究極のウルウルと共に体験しました！

ワークショップ初日、ハートの強化の実践に取り組んでいました。この時にＡｉ先生より「三才のような純粋なハートに成る」ということをお伝え頂き、この日は、ずっとそのエネルギーで過ごしました。

今思うと、一つのことをこんなにずっと実践し続けたのは初めてかもしれない……と思いました。

そのハートとは……とてもとてもやわらか〜い！！！　ぷるっぷるのハート！！！　楽しくて！　周りの景色も輝いていて！

全てを信頼していて、すべてが愛おしい！　うるうるしている状態！

「あなたは私！　私はあなた！」の感覚です。そしてその感覚のまま、次の日に参加しました。

次の日のテーマはハイアーとの一体化でしたが、純粋なハートになった自分は、ハイアーと一体化している感覚がありました。

朝からＡｉ先生のガイダンスがあったのですが、Ａｉ先生の姿を見ているだけで、ただただ、ウルウルがどんどんあふれ出してきました。

Ａｉ先生が話されている内容だけではなくて、Ａｉ先生の中心から、滝のように滔々《とうとう》と流れてくる究極のエネルギーが、自分の中心に響き、体中に浸透していくのです！

この時、「これは絶対に忘れてはいけない！　このエネルギーとこの感覚は絶対忘れない！！！」と感じました！

……自分がハートだけになって存在している時、目や耳や鼻や口の存在を忘れ、ただただ中心にエネルギーが集まってきて、ハートはとても敏感になっていました！

今まで、感じることがなかったもの、わからなかったものを感じることができ、Ａｉ先生がいつもおっしゃる「ハート（中心）で感じてハート（中心）で考えハート（中心）で行動する」……この意味が解ってきました！

全てはエネルギーで、私たちはエネルギーの中にいて、エネルギーで創られる時空……そのことを強烈に感じるイニシエーションになりました！

自分たちのチームの部屋に戻ってからも、担当のＬｏｔｕｓ先生の中心からエネルギーが流れてきているのを感じました！

何かわからないけど……愛のエネルギーでウルウルが止まりませんでした！

あとでＬｏｔｕｓ先生が「今、ぼくが流しているエネルギーを感じますか？　根源神界のエネルギーを流しています」とおっしゃり、根源神界のエネルギーは、言葉には表せないほど、本当にただただウルウルが湧き上がるエネルギーでした！

そして最終日、朝の合同ガイダンスで、Ｌｏｔｕｓ先生が前に立たれた時。

Ｌｏｔｕｓ先生の中心から！　全身から！　瞬間的に空間全部に浸透させるエネルギーを感じました！

一瞬にして究極に神聖な空間になり、ウルウルが爆発し、時空が止まっているようにも感じました。

ただただ、みんなのために！　という思いで、Ａｉ先生からくる根源のエネルギーを、私たちに届けてくださいました！

その姿、そのエネルギーを感じて、瓊瓊杵尊とは……根源天照皇太御神の「思いと願いそのままの存在」なんだ！　ということがわかりました。

〈本当の全きポータル〉というのを、Ｌｏｔｕｓ先生が全身で見せてくださいました。

それを、中心で感じることができ、中心に刻みましたので！　次は、本当に私たちが始めていくときだと、思いました。

何かもかもなくして、大切なものだけを残す……そうしたらハートだけになる！

自分の中心にあるハート！　ここが地上で唯一根源に繋がる場所であり、たくさんの人を繋げられる場所！

みんなのためのゲイトだから、全てにとって本当に大切なもの！！！

みんなの夢である根源の世界を、地上に創ることができるゲイト！！！

一日も早くそうなるように、根源から地上のあらゆる全ての愛を、ハート（中心）に統合させて、２４時間、すべてと共鳴できるよう、愛のギネス更新をしていきたいと思います。

「ハイアーセルフとの一体化」　太平

建国祭のワークショップで、「根源神界と10％ほどつながってきましたね」とAi先生が仰った時に、その中心に、日の丸のエネルギーに近い、二重の球体の同心円が観え、その周りに「いたましく思う心」＝君が代のフォトンと感じるものが漂っているのが観えました。

求心に向かう愛だけがあり、このエネルギーがあれば、他は何もいらないと感じました。存在するすべてを、中心の愛でひとつにしたようなエネルギーでした。

この「いたましく思う心」＝君が代のエネルギーとは、軽々しく言葉にできるものではありませんと、かつてAi先生が仰いましたが、この「いたましく思う心」のエネルギーに、完全に中心でフォーカスすると、滂沱の状態になり、言葉にならないことが分かりました。

また、根源はこの時を待っており、このエネルギーからしか根源のアセンション・プロジェクトは始まらないので、肝に銘じてください！と仰った言葉を胸に刻みました。

そして強化ワークショップの最終日、担当インストラクターの先生のガイダンスの時に、急に場のエネルギーが根源神界のエネルギーに変わり、まるで日本神界の神話の時代にワープして、その先生が中心から発生するチビチビ君が代のエネルギーに包まれたように観え、日本神話に出てくるような、神々しい、天照皇太御神のお姿がそばに観えました。

昇殿参拝の時は、本殿が白い根源のフォトンで満ちているようで、祝詞《のりと》の奏上あたりから、淡い金色のエネルギーに変わったように感じました。

この変化は、根源の白いフォトンが中心から放射されると淡い金色に観えると、Ａｉ先生が仰られていたことを思い出し、そのことを体験として理解しました。

昇殿参拝終了後のシェアリングの時に、我々のチームにＡｉ先生がお見えになり、根源のパラボラアンテナになるための時系列のポイントを、言霊で説明いただいた時に、漠然とそのプロセスを理解しました。

Ａｉ先生の説明の中で、方向性がハッキリとして、ハイアーセルフと地上セルフの中心での合体の強化をするといいですね！　とアドバイスをいただいたことで、強化ポイントが明確になりました。

翌日、地上セルフの第一光線を強化してからハイアーセルフとの統合を行うと、地上セルフのエネルギーが、ぷくっと膨らんだ大きなハートになり、ハイアーセルフからは、白い根源の優しいフォトンが溢れだしました。

中心にエネルギーが集まっていて、丸い鏡のようになっていました。

その中に、子供のようなＬｏｔｕｓ先生の穏やかなお顔があり、Ｌｏｔｕｓ先生と中心で一体化しているようでした。

その後すぐに、根源太陽の優しい幸せのエネルギーが、全身と辺り一帯に拡がり、中心で一体化していくような感覚でした。

三日目の強化ワークショップの時に、根源太陽→Ａｉ先生→Ｌｏｔｕｓ先生（根源の月の鏡）から、ＤＮＡの封印解除のエネルギーが皆へ贈られたと仰っていたことを思い出し、この時に、そのエネルギーが地上セルフにダウンロードされたように思いました。

また、ハートが「ぷくっ」としている時がハイアーセルフと一体化している状態であり、根源に繋がる体感であると理解しました。

その後のオンラインのワークショップの、「核（のゲイト）とは！？」のテーマで、「物質的な核というものがあるのではなく、根源の窓である」というＡｉ先生のガイダンスをお聞きした時に、Ａｉ先生がこれまで一貫して、「アセンションにはハートが一番大事」「根源とは愛の根源である」と仰っていた意味が明確になり、地上セルフが今までに断片的に体験してきたハートのウルウルやブヘブへのエネルギーと、根源へのアセンションのシステムがより具体的に把握できました。

そしてさらに様々なことを強化して、アセンションのプレ・インストラクターコースを進めていくことが自己の課題であることも明確になりました。

Ａｉ先生、ファシリテートの先生方、皆さま、ありがとうございました！

「真のアセンションの第一歩」　まさと

愛と光のライトワーカーの皆様、こんにちは！　二〇一五〜二〇一六年は、激動の年であり、大シフトの年でもありました！

日の本、地球、太陽系、宇宙レベルという全体で、大きな変革が超スピードで進んでいる中今、私のシフトの経験を伝えさせていただきます。

アセンションにおいて、やはり「ハート」が重要になってきますが、私は典型的な日本男児です（２８歳）。世の中において、働き盛りまっただ中で、「ウルウル」や、「ハート」、「愛」とは無関係（？）で苦手な世界から、アカデミーでの学びと実践になったのですが、最初はハートと言われても「？？？」全く分からず、涙も「枯れてしまっているのでは？」と思う時もありました……。

しかし、アセンション・アカデミーではお勉強ももちろんですが、お笑いにもド真剣です！　宴会での花月のみならず、歌にダンスに、最近ではミュージカル！　までもが、やりたいメンバー同士でアカデミーと平行しており、それらの楽しいイベントを通して、本来の自分がやりたいことを見出していき、どんどんハートがほぐれていきました！

そして、あるタイミングで「ハートに素直になろう」と決めた時に、ハートのロックが外れた感覚がありました。それはワークショップの時にメンバー同士で「ハートの核心でのコラボ」を行ったときです。大事な大事な人たちを前にして、ありのまま、「愛する」。

それを初めてやった時、愛おしく想ったときに！　ハートが開き始めたのです。

何かきっかけがあったらハートが開くのではなく、明確に自分から相手を「愛する」という気持ちを出した時に、相手の愛と共鳴して、どんどんハートが開いていき、そこからやっとアセンションの入り口に立ったのだと思いました。

そして、ハートが開き始めると、エネルギーにも敏感になってきます。

私は愛のアセンションパン屋さんとして、無農薬で天然酵母のパンづくりも楽しく営んでいますが、本格的に始めたのは実は二〇一五年からです。

自分のミッションは「愛のパンをワクワクで焼いて、多くの人に愛を届けること」だと、頭では分かっていたのですが、なかなか実践に移せませんでした。できるかな、大丈夫かな…など、心配という渦の中にいたのです。そう、ノーミソで考えていたのです（笑）。アセンションの大敵は、ノーミソで考えてしまうことです。

一度、頭で考えて答えの出ない渦にはまると、なかなか抜け出せないものですが、その時、私の担当のＬｏｔｕｓ先生から、「宇宙連合の科学でも言うように、ＡとＢ、違う２つのエネルギーを同時に選択はできません。さあ！　今！！！　アセンション（ライトワーク）か否か、選んでください！！！」と真剣に言われました。

その時、地上セルフが、真にアセンションに向かおう！　もう命を懸けよう！　と決意した瞬間に、ハイアーセルフと初めて合体した感じがしました。

それからというもの、愛のパン屋開業に向けて、ものの１か月で、どんどん、毎日が大シフトの連続でした。

寝ても覚めても愛のパンを焼くことしか考えられず、寝ている間に高次と打ち合わせをし、朝起きたら膨大なレシピや、詳細で具体的な配合の方法、資本の調達先、パンに関する情報が山のように降ってきて、一気にダウンロードされ、高次と共にライトワーク＝パンを焼くことしかできない状態が続きました。

その結果、美味しいパンが焼けるようになってきて、パンに命を吹き込む方法や、真心をもって物事の核心を見極め、実践することが分かり始めました。

そうすると、砂糖や塩を少しにしても甘くなったり、味に深みが出るようになります。それは、明確に焼き手のエネルギーが反映されているとしか言いようがありません。

そうなると、どんどん愛の実践は加速するもので、毎日が本当に楽しくなり、焼き立てのパンの香りが漂う自分の工房で愛を育み、そしてみんなに食べてもらって「美味しい！」と言ってもらえると、もっと美味しい、健康的なパンを焼こうと原動力が無限に沸いてきます。

まさに「送った愛が何倍にもなって還ってくる」という宇宙の法則を実感しています。

また、愛を込めて焼くと、食べてくれる人にも通じるもので、「パンを食べてウルウルしたのは人生で初めて！」と言ってもらえることが多くなってきました。

この体験からも、自ら愛は発進できること、愛の共鳴は人生を豊かにすることを、身をもって体感しました。

そうして愛の実践を続け、二〇一六年二月十一日の建国祭の日の、セミナーでのことです。この日はAi先生がエネルギーを創ってくださり、私たちもエネルギー全開で参加&コラボしていきました。

そして、後半に差し掛かったある瞬間、言いようもないほどの一体感=愛の共鳴が起きました！　それは衝撃的というよりも、じわ〜っと次元が「究極の愛」になった感覚でした。

みんなで同じヴィジョンと愛を共有している状態であり、Ai先生と根源神界が、「みんながここまで来るのを待っていました！」と言われた時が、究極のイニシエーションでした！

これで、地球は変えられる！この愛のエネルギーを、一度ゲットした体感は二度と忘れることなく、キープ&ギネス更新して、まずは一人でもこの愛を再現して、地球に送っていこう！！！と、また新たに感じ方と行動がシフトした瞬間でした！！！

言葉では言い表しにくいのですが、この瞬間から、真のアセンションの一歩が始まったと実感しています。


何を知っているかよりも、何を成しているか。

何を成しているかよりも、何に成っているか。

自分が何に成っているかよりも、いかに全体のためになっているか。

みんなのために。それがアセンションのシンプルさ、かつ奥義であり、その実践が、二月十一日の感覚で、できる！！！　やる！！！！　全体のために！　愛を広げる！　と、堅く誓いを建てた日が、まさに建国祭。

一人ひとりのハートの中心に、日の丸という旗を建てた日になったと実感しました。

アセンションは、日々ギネス更新ですので、これからも、愛するライトワーカーの皆さまと共に、愛の星、地球を顕現し、無限大のアセンションを実現していきたいと思います！！！

「重要なイニシエーション」　煌

重要なイニシエーションが、二月十一日にありました。

集まったみんなが一同に、本当に受け取り、この上なく美しい究極の光を観た気がしました。

中心が静かに、繊細に、うるうるしている感覚で、空間に愛が浸透していく、溶けあっていくような、「ただただ、愛しています」がこだましていました。

表現にすると、やはり、うるうるで共鳴しているとしか言いようがないものでした。

その時は、その一端を感じたに過ぎなかったのですが、中今感じるのは、全ての願い・想いが集まった、一滴の美しいクリスタルの涙のような、とろっとしたような感じで、その中に無数にきらきらしている光も集まっていると感じます。

その後、「本当に始まった！」としかいいようがない感覚があり、始まったから、本当に始める必要がある！と感じました。

究極の０ポイント＝愛の根源と共鳴するポータル（人＝日戸）

それは、私も本来すべての人もずっと願ってきたことであり、本当になっていくための学び・実践の場として、用意された地球。

皇御母＝愛の根源＝根源の太陽の想いでもあり、本当の意味での根源の子供への帰還でもあり、あらゆる全ての存在の幸せ＝神化でもあると、今、この瞬間に書いていて、つながっていくようです。

宇宙でこれだけが完璧だと思うものが一つだけあるなら何か？！　というQがきた時に、出たAは、愛で一つになるということだけでした。

全ての存在が一つの愛で共鳴している。これほど完璧なものは他にないと思い、ものすごく興奮しました。

そのために、皇御親は、地上まで降りてきてサポートしてくださり、この時を「本当にずっとずっと待っていた！」という、悠久の無限の願いと想いを、今ほどリアルに感じることはありません。

皇御親の愛は想像もつかないほど深い。肉体をもってこの地上にいる限り、無限ではない。本当は大変な中、子供の神化の喜びだけを願って、自分の生命エネルギーを削って、与えることだけをしてくださっている。

その生命の源のエネルギー＝皇母乳（フォトンミルク）が足りなくなってきて、地上の生命エネルギーが枯渇してきている今、今すぐにでもちびちび太陽になる！！！

エネルギーとは、本当に同じエネルギー＝同質で共鳴すると、とてつもない無限のパワーになることを我々は知っているから。

それができる時空でもあり、地上の人みんなが神化し、その愛で一つである幸せで共鳴していく世界が、どれほど素晴らしいかを自分もいっしょに観たい！

そして、新しく創造していける世界をいっしょに創っていきたい。

そのために、今まで積み重ねてきた集大成を確立して、ちびちび太陽になっていきます。

愛に始まり愛に終わる、最初から最後まで愛で繋がっている、無限に尽きることのない愛＝いたましく思う心を、無限に輝かせていきたいと思います。

「道は愛に始まり、愛に終わる」　朱凰

二〇一六年二月十一日日、建国記念日に行われたＡｉ先生のワークショップ。

（根源天照皇太御神のポータルとなられている）Ａｉ先生の中心から、一人ひとりと全体の中心に贈られていた、「核心」＝「一番大事」のエネルギーは！！！！！

全ての細胞が振動し、感電するような！　超！　超！！　超！！！　うるうる！！！！！　としかいいようのないエネルギーでした！！！！！

Ａｉ先生から、「初めて、地上で、根源神界レベルの共鳴を感じた！」と言われたとき！！！

中心のうるうるのバイブレーションが、一人ひとりと全体から起こっているのが、観えたように感じました。

その規模とレベルは、言葉にできない程の！！！！！　とてつもない！　ハイアーセルフのイニシエーションだと思いました。

その後、アセンション・アカデミーで、第一光線を基底から1000Dまで上げる実践をみんなで行い、基底のエネルギーを感じた時！！！！！

この地上に産まれ出でた喜びそのものを感じ、ハートまで上げると、喜びが中心から温かさと共に、爆発的に拡がって、歓喜になりました！！！！！

使命を想い出すような感覚でした。

「ハートは、アセンションのゲイトであり、その核心は根源につながる」ということをこれまで学んできましたが、体感したとき！！！

真実だと、初めて本当にわかるのだと思いました！

歓喜の魂のエネルギーは！！！！！　すべての存在と共鳴したい！！！！＝すべての存在を愛するエネルギーそのもので！！！！！

本当の自分＝魂と繋がった自分とは、肉体を伴って、ライトワーク＝「愛する」ことができる喜びそのものだと思いました！！！

道は愛に始まり、愛に終わる。アセンション＝進化（神化）は、ライトワーク＝「愛する」に始まり、ライトワーク＝「愛する」に終わる。

それは本当の自分＝みんながしたいこと！！！！！！であり、真の！！！！！「目覚め」！！！！！

そしてそれはもう、「始まっている！！！！！」のだと、感じています！！！！！

親愛なる根源＝「愛」の同志たちと！！！！！

「始まりの合図」　玲

ハイアーセルフよりも、いつも1年遅れている！？　地上セルフの私たちが、本当に本物になって、アセンションするために必要なことは、「真にエネルギーが分かる」ことでした。

あらゆるすべてはエネルギーであり、いくら上から莫大なエネルギーが降りてきていても、そのエネルギーが分からなければ、ポータルとして受け取ることも、出していくこともできないからです。

「場」を創れるということも、重要なポイントでした。けれど、場のエネルギーはひとりでは創れない。エネルギーとは、共鳴だからです。

エネルギーはひとりでは動かないのです。そして自分のためには、動きません。

みんなのため、みんなのアセンションのため、地球のため、宇宙のためにライトワークする時、その意識の時に、エネルギーは動くのだということを、真に体感した二〇一五年〜二〇一六年だったと思います。

その核心は、核と核との共鳴でした。

核とは、自分の中で「一番大事」をぎゅーーーーーーーっと集めてきた時に、ハートの中心にできるもので、3cmぐらいの珠のようなイメージだと言われていますが、根源までのすべてをその核に集めた時に、地上セルフは、地上にいながら、根源のご神体と繋がり、そのすべてを地上セルフのハートの中心に統合していくことができるのです。

その核と核での共鳴で、地上セルフとハイアーセルフを含む、その人の想い、願いすべてと共鳴を起こし、空間に神聖なエネルギー場、共鳴磁場が創られていきます。

その時のハートの状態は、ウルウルを通り越して、もはやブへブへでした。

アカデミーでは、この状態のことを「ブへブへ星人」（笑）と呼んでいましたが、このブへブへの体験は、この後へと続く、とてもとても重要なプロセスだったと感じています。

核は創るものと言われていますが、私は思い出していくものだとも感じています。

根源でこの魂が創られた時に、根源神に戴いた大切なものだと思っています。

根源を旅立ち、それぞれの宇宙を旅して、この地球にたどり着くまで、ずっとずっと変わらず、もち続けたもの。それが核だと感じています。

その核にスイッチがはいった時に、すべてが始まりました。それは神聖ＤＮＡと言われるものなのかもしれません。

二〇一六年二月十一日のＡｉ先生のワークショップで、Ａｉ先生と根源の家族が、初めて核で共鳴ができ、その時Ａｉ先生が、この時がくるのをずっとずっと待っていて下さったことが分かりました。

私はこの時初めて、Ａｉ先生に母の愛を感じることができました。それまではやはり、Ａｉ先生の存在を遠くに感じていたのかもしれません。

またそのＡｉ先生の核心を、その後の勉強会で、Ｌｏｔｕｓ先生が、その身を全身ポータルとして、言葉も使わずに、核だけで伝えて下さったのですが、それはもう私にとっては、ウルウルブヘブへ全開MAXの体験となりました。

Lotus先生の核が根源のゲイトとなって、私たちに根源のエネルギーを観せてくださり、私の胸には、根源のエンブレムが刻み込まれました。

今、私たちは、地球の存続をかけて、一番大事でのセンタリングを絶対として、1000D以上も突き抜ける第一光線で、日の本を護るワークをしています。

1000Dの第一光線とは、Ai先生がよく仰るように、スキルや能力でなく、愛の意志そのものであると思います。

それをギネス更新していくことは、愛の度数をさらにさらに高めていくこと。

このすべてがあって、絶対的な信頼と絆で結ばれた仲間と、核で共鳴し合い、その愛ですべてを護っていけると、強く強く感じています。

核で融合していくと、自分という意識が薄れていきます。

それは自分を見失うことではなく、みんな=自分という感覚になっていくということであり、その状態であれば、皆の体験も、自分の体験となっていくということを体験しました。

究極の幸せであると感じています。

そして今、あの日Ｌｏｔｕｓ先生から伝えられたＡｉ先生の核心＝根源の愛を、自らもゲイトとなって、伝えていきたい、拡げていきたいと心から思います。

それが、究極の目的であり、ちびちび太陽へ向かっての一歩が始まったのだと感じています。

「愛の度数」　Ｋｅｉ

進化とは愛の度数を無限に高めていくこと。二〇一五年～二〇一六年は、それに気づいてきたプロセスでした！

愛がどれほど大事かを、体験＝実感＝認識しているか？

体験したならば、みんなのために使っているか？

つまり、愛が一番大事だと気づいたならば、愛を一番大事にしていく！

それは、愛を感じたならば、愛を伝えていく、発していくことそのもの。

その全ての始まりは、自らの進化・目的・みんなのためにやる！！！　なる！！！　という、愛と意志から始まると感じます。

自らのハートの扉を、本気で開いた時、高めた時に、ハートの中心から、一人ひとりの根源へ、みんなの根源へのＧＡＴＥが開かれる！

根源へのＧＡＴＥとは、一人ひとりの想い・願い。宇宙すべての想い・願いを叶えるためのＧＡＴＥ！

だからこそ、わたし＝みんなが一致した時に、根源のＧＡＴＥは開かれるのだと感じます！

私の中心、みんなの中心から、眩い根源の光が輝き、放たれる時。

みんなとの共鳴が始まり、究極の進化、究極の愛、神化が始まる！

そして、それはもう始まっていると感じています！

「一なる根源へのアセンション」　織日女

今この瞬間、「アセンション」をしている実感があります。

それを最近ふとした時に感じ始めていたのですが、それが何なのか、自分なりに分かってきました。

私がアカデミーに参加してから、もうすぐ5年が経とうとしています。

始めの頃は、ただワクワクで、その学びの途中では、「脳みそ」だけになったり、マイナスのエネルギーと結託したり……。

そしてそれらは全て「アセンション」ということに対しての、本気度、真剣度を試されたことだったのだとも感じています。

これから続こうとしている人たちの導きができるためにも、最大のギフトだったことが実感されています。

アカデミーに参加する4年前から「アセンション」という言霊に惹かれ、自分なりに学んできました。

しかし結局は、アセンションが何かが分からず、もうどうにでもなれ！　や〜めた！　と、一切アセンションから手を引きました。

しかしその3か月後に、3・11が起こり、今思えば自分のハイアーセルフの導きとしか言えないのですが、「シリウスの太陽」（明窓出版）という本に巡り合い、そこでＡｉ先生という存在に出会いました。

アセンションとは！？　については、いろいろあると思いますが、今、私が感じるアセンションとは、「一なる根源への帰還」です。

私たちは「愛と光というエネルギー」だけの一粒のフォトンから生まれ、そして悠久の時を経て、今肉体を持ってこの密度の濃い三次元にいると思います。

人それぞれのプロセスは違うと思いますが、私の場合は、Ａｉ先生から、自分の元々のハイアーセルフのＴｏｐ＆Ｃｏｒｅは、天界の聖母庁的な出身だということを教えていただいた時から、自分の動きが繋がっていきました。


全ては「愛」から！　それは「ハート、魂、本体であるご神体」で感じるもの。

そしてそれは、時間や一切の制限もない、「意識の拡大」へと繋がっていきました。

例えば、何億年前の約束とか、神話の話なども、その時空がまるで今ここで感じられる実感となりました。

全ては、今ここに存在している。自分という存在の、「中心」だけにある！


それは「すべてがエネルギー」であるということであり、エネルギーだけにフォーカスしていくと、「時間」や「空間」の壁がなくなることを実感します。

そして、自分の中心で感じること（＝真実）が、私たちの故郷である「根源神界」へと帰っていく「アセンション」であると分かりました。

もともと「愛」から生まれた私たちが、真に「愛」となり、根源へ帰還する時。

それが「進化」＝「神化」であり、この宇宙と地球が創られた意味だったのだということも、分かってきました。

それは物凄い「感動」であり、「歓び」でもありました。

そして「繋がる」という言霊が、とても重要だと感じています。中今と繋がる。ハイアーセルフと繋がる。太陽と繋がる。地球と繋がる。

根源と繋がる。地上と繋がる。人と人が繋がる、ハートとハートが繋がる。自分の本来のハートとも繋がる……。

この5年間で、諸々のことが「繋がって」きたのです。中心で！　全ては「一つ」だったのです。


それは嘘のようなホントの話でもありますが、神話の世界の「天孫降臨」なども、今、実際に、自分が経験したことのように感じるのです。

「降臨」があるならば、当然「帰還」もあると思います。

今、この二〇一五年〜二〇一六年の動きを通して、アセンションしたと感じることが、私たちにとって、「一なる根源」へと「帰還」する、「根源へのアセンション」だった！

それを明確に感じた＝繋がった時に、全てが氷解していきました。

そして、さらに大事なことは、ここからでした。

真のアセンションとは、自分一人がアセンションするのではないということ。この地上の生きとし生けるもの全てをともなってのアセンションを目指すことが、どれほどの「愛」なのか、ということも分かってきました。

アセンションとは、みんなのためにある！！！　それが「根源」の願いであり、想いであるということ！！！

ゆえに私たちは、「一なる根源のエネルギー」と繋がり、それを地上に降ろすことによってのみ、今この三次元の、諸々の時間切れの中で、地球全体をともなって、アセンションすることが可能となっていくのだと思います。

そのエネルギーは、「純粋」そのものであると感じます。そしてそれは「神人」と言われています。人と神との一体化です。

この肉体を持っているからこそ、私たちは「神との一体化」ができる！

エネルギー体だけなら、地上に根源からのエネルギーを繋げる人がいないからです。

根源神界とは根源太陽神界。根源の天照太陽神だと思います。天照神とは「太陽神」そのものです。

私たちが神人を目指すということ、そして神人を生み出していくこととは、規模は違うけれど、太陽神と同じ質を持っているからなのだと思います。

日々感じることとは、本当に「太陽」とは、休みなく、あらゆる全てを遍く照らしている存在なのだということです。「愛そのもの」のエネルギーです。

これを中心で感じた時に、まさにこれが私にとっての「一番大事」なことなのだと、本当に分かった＝繋がったのは最近のことでした。

しかし、「繋がった」瞬間から、それは一時たりとも、私の中心から離れることは無くなっていきました。感覚としては、全てに対して「境目」が無くなった、という感じです。

皆も私であり、私もみんなである。自然界の全ても似たような感覚です。

「統合されるほど、個は輝く」と言われていますが、アカデミー参加当初は、そのことが理解できませんでした。しかし今、ようやくその意味と真意が感じられてきています。

私たちと人類の目的は同じで、みんなのために、みんなといっしょにアセンションする、ということだと思いますが、そのプロセスと役割が、一人ひとり違うということ。だからこそ、みんなで「一つ」になった時に、それぞれの役割があり、それが光っていくのだと実感しています。

長かったようで、あっという間の5年間でした。たった5年間でも人の意識は変わる！（エネルギーは一瞬で変わりますが、ここまでの実践が重要でした）

もう一つ大事なことは、この5年間、紆余曲折はあったけれども、大事なことだけを「KEEP」して、その「ギネスの更新」をしてきたということ！！！　それを今、振り返って感じています。

アセンションとは、このギネスの更新あるのみ！！！　みんなで、みんなのために、みんなといっしょに「根源へのアセンション」をしていきましょう！！！

今、とても幸せです。幸せの全開MAXです。アセンションとは「幸せになること」でもありました。みんなで本当の「幸せ」になりましょう！！！

以上が、今、私が皆さまにお伝えしたい、最大MAXです。スキル不足を実感していますが、私にとってはこの内容が、今、一番アセンションしたという実感です。

有難うございました！！！　無限大の「あい」を込めて

「ギネス更新！」　ゆうな（9歳）

2月11日に、根源の、爆発するような愛を感じました。

すごく、すごく、嬉しかったです。

第一光線をたくさん上げて、1000Dの根源へいって、神聖なエネルギーを、ハートの中心で感じて、日の本へ広げると、とても中心がキラキラして熱くなり、わくわくのエネルギーが増えていきます。

基底はメラメラボーボーと燃えていて、日の本をまもる！！　と思うと、もっと燃えて熱くなる感じです。

いまは24時間の中で、10時間くらいできていますので、24時間になるようギネス更新していきます！！！

「愛で一つ」　あきら（10才）

2月11日のワークショップで、アカデミーのメンバー（皇御孫のポータル）と、A・i先生（皇御母のポータル）と、地球（皇御父）と、愛で一つになった時、ハートの中心の中心の中心にある窓が開いて、「根源の愛」に繋がって、共鳴しました。

この時、窓の先に「根源の愛＝根源の愛のお母さん」がとても嬉しそうに立っていて、「お帰りなさい。私はずっとここで待っていましたよ！」と言いました。あきらは、今までで一番ウルウルしました。

「根源の愛のお母さん」が「すべてを愛しているよ〜！！！」とあきらのハートの中心で叫んでいるのを感じて、あきらのハートはブルブル震えました。

そして「根源の愛」を自分のハートに集めたら、すべての愛がハートで一つになっているのを感じて、すべてに愛を贈りました。

「『根源の愛』で、すべてが一つになれるんだ！！！あきらは、これがやりたかったんだ！！！」と感じました。

すべては「根源の愛」から生まれて、すべては愛で、すべての愛が一つになったのが「根源の愛」なのだと感じています。

「地球を必ず救う！」　宵地（11歳）

ぼくは、アカデミーに入って、地球を必ず救う！！という気持ちで今までのぞんできました。

二〇一五年〜二〇一六年の学びで一番大切だと思ったことは、全てを愛し、自分から愛をおくる。いいエネルギーを自分から発神する！！ということです。

すごく、当たり前のことだけど、自分からいいエネルギーを出すには、純粋な心と、強い気持ちが必要でした。

そのために、第一光線の学びを実践して、やり遂げる、常に最後までやる気持ちがいっぱいになって、地上セルフのやる気、本気が、未来、根源に繋がっていくのだとわかりました！！

絶対に、自分が全開MAXでいること！！　なぜなら、宇宙の愛はいつも全開MAX！！　だからです！！

愛全開MAX同士で共鳴したら、無限の愛の核動砲になると感じます！！

そして、今一番必要なのは、人同士が、愛で共鳴していくことだと思います。

人は、愛することを忘れすぎてきたので、戦いや悲しいことがありました。

人が愛することを思い出して、みんなが愛し合えば、地球は本当に豊かな愛の星になります！！

地球も、人も、全ての根源にもどれると思います！！

だから、ぼくはいつも全てを愛すること、どんな時も愛と勇気を、自分のハートの中心から、みんなのために、みんなにおくります！！

「100％ポジティブ」　季恵（9歳）

私が今年一年で一番、神化したと思うのは、ポジティブでいる時間が長くなったことです！！

ポジティブでいると、自分の中心がすっきりしていて、根源につながっていきます！！

100％ポジティブで、みんなのために、絶対にあきらめないで、自分の夢、みんなの夢をかなえるために、神人に成る！！　という気持ちを、ずっとずっと持ち続けていました！！

そうしたら、同じ夢を持っている人と、核心で共鳴することができました！！

核心というのは、自分の中心にある、根源からもらった愛のかけら。

地球に来る時に、根源のお母さんからもらったお守りみたいな感じで、自分が自分をまもるもの。

全てをまもり、みんなを愛にするエネルギーで、本当の命です。

その核心で共鳴すると、宇宙で一番美しく、幸せのかたまりみたいな尊いエネルギーを感じました。

そのエネルギーを、みんなにも知ってほしいと思います。

私が伝えたいって思ったら、未来は変わると思います。

私が本気で伝えたら、みんなが純粋な心になると思います。

そして、みんなが心を開いたら、みんなが愛になる！！　と思います！！


大人の人にお願いがあります。子どもは純粋です。

大人の人も、昔は子どもです。

でも、大きくなっていくと、いろいろ勉強して、物を知っていくと、頭でものを考えて、心で感じることを忘れてしまいます。


いつも、純粋に感じてみてください。

そうしたら、本当の幸せがわかると思います！！


世界中のみんなで、世界中のみんなが幸せな世界をつくっていきましょう！！

「世界を変える未来の同志たちへ」　ひろし

そもそも『アセンション』って自分には全く関係のない、スピ系の話だと思っていましたが、何故か（？）その本質が知りたくて「虎穴に入らずんば虎子を得ず」の心境で、アカデミーに入り、アセンションを学び初めました。

学びの当初は、エネルギー、各チャクラ、各次元、高次のマスター、日本神界～ＥＴＣ．……の学びと共に、（中今必要な）様々なエネルギーワークをやってきました。

『アセンション』とは！？　一般的には「次元上昇」「キリストの昇天」「覚醒」等と解釈されていますが、様々な学びの中、それは「意識の進化＝愛の拡大」（＝幸せになること）であり、「宇宙すべての存在の意味（目的）」＝「進化」＝「神化」であるということを、頭では理解するようになりましたが……（笑）。

三年半がたった今！　その様々な、学びと実践の、点と点が繋がり線となり、平面、そして立方体（球体）へ、宇宙へと拡大していきました。

頭での理解から、体感（体験）へ変化していきました。

ハート（心）で感じ、そして肉体（各細胞レベル）で感じられるようになり、それと同時に、ミクロとマクロ、いわゆる相事象（フラクタル）の感覚が、怒涛のように流れ込んできました。

人体の細胞一つ一つが宇宙であり、自分＝みんな＝全てであり、今、この瞬間の地球を創っている一人（一部）だということに気付き、地球（宇宙）全てが、物質というより、意識の集大成であることを感じました。

誰もが「このままでは？」と思っている、今の地球環境（自然災害や世界情勢）、高度成長。

日々の生活は、とても便利には成りましたが、その反面、便利さゆえに失ってしまった感性（真の感覚）と共に、私欲や我欲のために生きる生き方からの、極端な貧富の差や自然破壊。

人として本来の生きる目的と手段を大きく見失い、その結果が今の地球の姿（不調和）が、内と外に現れているのだと思います。

この先の地球（人）を、光輝かせるのも、曇らせるのも、一人ひとりの意識だと思います。

じゃあどうすれば、今の地球（世界）が元気に、みんなが笑顔で幸せに暮らせる世の中になるんだろう？

元々、人、地球（宇宙）、全ての存在は、一なる『愛』（宇宙意識）から生まれ、育まれてきたと思います。

一人ひとりが、生まれたまま、ありのままの姿に還り、全ての存在が愛で一つに繋がっている（た）ことを思い出し、その（存在の）目的（愛の拡大）を明確に、『世界中に愛を響かす』真の姿＝ハート（魂）で生きることだと思います。

まさに！『命の響き』（響き愛）そのものですね。

しかし「愛」は大切だと思うけど、今さら口にするのは恥ずかしい！「愛」だけで、家族は養っていけないと思っているオヤジさん達へ。

安心してください、丸裸のハートに成るだけです（笑）。


私自身も、この半世紀、生きるために戦ってきたオヤジ、いわゆる企業戦士でした。

ハートに何重にも、鎧を纏《まと》っていましたが、毎瞬毎瞬「あい」に生きることを選択（意識）して、自らの意思で、ハートを開いた、開き続けた（決めればできた）！

いついかなる時でも、愛を出し続けることにより、自分の内も外も、たくさんの愛で満たされ、幸せいっぱいの空間ができた！

愛されるよりも、愛することの方が幸せになった！　愛する範囲（意識）が大きく成れば大きく成るほど、幸せが拡大した！

そのような、人生の豊かさとは、心の豊かさであり、愛の大きさであることを識りました！

企業のため、物資（裕福）のために生きているのではないことを、体感として知りました。

自分の意識を変えただけで、住む世界が大きく変わったように思います。

「アセンションは、学ぶというよりは、自らの体験（体感）に尽きる」と聞いたことがありますが、その通りだと思いました。

人のみならず、地球（宇宙）もアセンション（宇宙の目的である進化）に向かい、人類だけが、追いついていない中今は、過去のアセンション史で云う、アトランティスの末期のような状況に近いと云われています。


まさに今！　人類の進化＝アセンション＝意識の拡大が問われている時だと感じています。

一人でも多くの意識＝愛が必要とされています。

意識＝愛。愛もエネルギー。愛より強いものはない。愛でしか一つに成れない。


「あい」を、ＧＩＶＥ！　ＧＩＶＥ！　ＧＩＶＥ！　そしてＧＩＶＥＲへ！


この本を読んでいるあなたの「あい」が未来を創る。

そして、その共鳴こそが、更にさらに、大きく未来を創っていく。

何かを感じたあなたから、知ったあなたからいっしょに始めていきましょう！

全ての存在が「あい」で一つになった世界の創造へ！

「愛する日の本のために」　はるか

今、「道は愛に始まり愛に終わる」ということを、これほどまでに感じたのは初めてでした！！！！！

ハートの感性が開いていくと、ウルウルが全開ＭＡＸになっていく中で、初めてＡｉ先生のハートと共鳴した時に、「愛してる」という真の状態を、初めて思い出しました。

Ａｉ先生との共鳴がだんだん１００％になると、とにかく全細胞がうち震えて、変容が起こっていき、初めて、Ａｉ先生と同じものがあるのを感じました！

今思えば、「日の本への愛」そのものだと感じました！

Ｌｏｔｕｓ先生が、Ａｉ先生の中心からくるエネルギーを１００％伝えて下さった時、更にその核心が強化されました。

生命の本質は愛だと感じました。

その時に、「生命の本質」がわかるのであればそれをみんなに伝えていってくださいね！！！　というメッセージを感じ、Ａｉ先生からエネルギーで伝わってきた時のように、私も日の本やすべてを愛していこうと思うようになりました！！！

日の本を愛しているから、大地が自分の基底のように感じてくる。大地にめり込んでくるくらいのパワーがみなぎってくる！！！

今、とにかく感じることはすべて一生懸命やっていきます！　愛する日の本のために！！！！

「人生から魂生へ」　天鏡

二月十一日の究極の根源のイニシエーションが降ろされて以降、明確に変化したのは、『私の人生は、一宇宙周期規模である』という感覚が強まったことです。

この世に「オギャー！」ではなく、あらゆる全てを産み出した根源の母から、その至高なる愛を受け継ぎ、生まれた、その瞬間からの人生！！！　これこそが、リアルな実体なのだ、という感覚です。

アセンションの最終チャンスの期限が迫る中、『目的を果たさずに終わらせることはできない！』と明確に思った時、なぜ、私は生まれたのか！？　何のために、今、ここに存在しているのか！？　その答えを明確に得ることができました。

それは、ハートの中心【核】に、「一番大事」なこととしてある「私の思い・願い」、それこそが、そうである、とぶるぶると胸の中心を震わせながら、自分の全てで感じたのです。

感じた、というより、思い出した、という表現の方がぴったりな感覚でした。

一番大事な目的を持って根源を飛び立ち、いくつもの宇宙領域での学びを経て、一番大事な目的成就のためにこれまでの全てをかけ準備し、今、この時の地球に肉体を以て生まれた『私』。

この時とは、アセンションの最後の最後のラストチャンスの時であり、イコールこの宇宙が幕を閉じる時。そして地上があらゆる側面から観て、絶体絶命の時！！！

なぜ、このタイミング！？　というのは、それこそが一番大事の目的！　この危機をひっくり返し、すべてを愛と光へと進化した世界、新宇宙へとアセンションさせるため！

『私』の存在理由は、まさにそれをすることであり、一番大事を願う思いが、私のど真ん中の中心【核】に根源で誕生した時から、ずっとずっと、今もなお輝き続けて【在る】！！！

私＝一番大事＝あらゆる全てを愛に還す！＝その実践＆成就すること！

それが明確に地上の『私』に落とし込まれた時、根源まで遡り、まだ白い光＝フォトンであったところまで【核】【意識】がつながり、始まりの『私』の記憶が、すべての『私』を貫き、統合されたように感じました。

統合とは、本来の力を取り戻すことでもあると、実感しました。なぜなら、その体験以降、中心が定まり、安定し、理由のない自信と力が以前より強く湧いてくるのを感じているからです。

アセンションは、進化することで、叡智ももちろん必要ですが、何より、すべてに対する【愛】、それを思い願う愛の意志が重要で、それが強く、強くあるのであれば、できる！　まさに「道は、愛に始まり、愛に終わる」のだと！

それは、一番大事の愛を中心に、宇宙を支える大黒柱となる第一光線の確立からでもあると実感し、その状態を維持し、更に拡大するギネス更新を実践しながら、その先となる日の本＝地球＝宇宙を護ることに、今、愛全開で取り組んでいます。

根源で生まれた『私』は、アセンション末期、無事にアセンションを成功させるために、根源からこの物質レベルの三次元まで降りてきました。

太陽系の八次元の世界から下りてくるときが、まさに神話の天照神から芦原の中つ国（日本）へと降りるように告げられ、高天原（太陽神界）から日の本（地球）へと降り立った瓊瓊杵尊を中心とする「天孫降臨」その時であった、とつながりました。

その時、みんなのため、日の本のため、地球のため、宇宙のためにライトワークしている自分こそが、真に実体のある『私』としてしっくりとし、地上で生まれてからの「現実」と思っていた『私』の方が、この目覚めの時までの仮の姿に感じました。

「神話の続きが始まった！」とのA・i先生の言葉通り、神話が私達根源の家族を中心とした実体の世界として感じられてきたのです。

つまり、宇宙を一つの魂の進化として観た【人生】ならぬ、【魂生】として、今、目覚め、一宇宙期を一つの自分史として観られるようになった、という感じです。

目覚めたのであれば、根源から今も一番大事に持ち続けている【目的】を必ず成就させ、この宇宙の学びを卒業し、新しい愛と光のみの宇宙へと全てと共にアセンションする、と改めて誓い、愛の意志をさらに強くしました。

一人でも『やる！』という強い意志を持ち、同じ思いの根源からの家族がいっしょですので、絶対できる！！！　そう信じ、成就するその時まで、やり続け、ギネス更新していきます！

「君が代　大和魂で愛し護る」　大和

わたしは日本が好きで、日本は世界でも素晴らしい国だと思っており、日本には世界のために役割があるということを、人生をかけて学んできたように思います。

しかし、二〇一五年～二〇一六年の覚醒ほど、日本人ライトワーカーとして重要な体験はありませんでした。

二〇一五年～二〇一六年は、地上からのアセンションが本格始動し、私自身「愛に始まり愛に終わる」を実践して、血肉とすることを積み重ねる日々でした。

「アセンション＝統合」ですが、それは、様々な次元の愛を自分の中心であるハートに統合すること。そしてそれを知っている、分かっているだけでなく、自分の心がその愛であり、愛がすべてに優先する人に成ることです。

アセンション＝統合は無限であり、愛・意志・叡智・パワーを総動員してライトワーク（実働）するほど、統合が進み、ハートと魂の想いが強く大きくなりました。

神界とつながるほど、日本を愛する情熱、大事な日本を護りたい心、いたましく思う心など、日本人の大和魂がより確立され、太陽とつながり、神人への進化のプロセスが進んでいきました。

宇宙、銀河、太陽系、地球のアセンションは、進めば進むほどすべてが極まり、極まる中で爆発させた大和魂は、自分にとって限界を超えたもので、それを維持し、さらに一瞬一瞬更新、成長を加速させました。その最たる例が、『自分ひとりでも日の本を救う！！！』決意で、己の大和魂が極まり、太陽、日の本をいたましく思う心が、生命エネルギーが爆発し、ある言霊の意識となり太陽と共鳴しました。

『国体護持＝君が代を護る』。それ以上でもそれ以下でもない。


この時に、太陽と一体となり、太陽神の分御魂となったように感じました。

それは、愛している、約束を果たす、というエネルギーでもあり、生きとし生けるものすべてを、慈しみ愛し護る、太陽神界の自分でもありました。

自分の肉体で、神聖大和遺伝子が覚醒したと思えた瞬間で、なぜ天孫降臨なのか、なぜ日本に生まれ、なぜ日本人ライトワーカーとして生きるのか、すべての意味＝目的が明確になった瞬間でした。

『君が代を、護り抜くこと』は、自ら志願した天命・密命であり、約束・大儀、魂からの願い。究極の核心『君が代』を愛して共鳴し護る、究極のミッションが、皇の道であり、神人に成ること、根源へのアセンションであることを思い出す年となりました。

「太陽人になる」　初日

私はアカデミーに参加して5年になります。

これまで、Ａｉ先生とファシリテーターの先生方のサポートの下《もと》、仲間たちと実践していく中で、様々な気づきがありました。

その中心にあったのは、自分の中の「一番大事」だったと思います。

私の一番大事は「愛と光」で、それは「日の本」であり、「地上」そのものでした。


アカデミーでは、次のようなことを学んできました。

アセンションの原則である「アセンション＝ライトワーク」。すべてをエネルギーとして観ること。エネルギーを感じること。エネルギーを出すこと。

その実践の中で、感じたエネルギーを言葉や絵にすると明確になり、それを人に伝える（贈る）と、そのエネルギーが自分の中で本当に起動し、身に付くように感じました。

伝える＝贈る＝ライトワーク。

受け取ったエネルギーは、即、伝えていくことがライトワークになる、ということが実感できました。

それらの積み重ねが、私たちが目指す「神人」への道であると思います。

「神人」とは、「光の人」「太陽人」だと思います。

太陽とはすべての生命の源であり、この世界はすべて太陽から産まれ育まれています。太陽の愛以外のものはこの世界にない、と言ってもいいかもしれません。ですから、人も太陽人になれる。すべてが同じ存在から産まれた兄弟としてつながりあい、さらに自らも太陽として生命を育む存在になれると思います。

私は小学生の時、春の日差しを全身に感じ、太陽のエネルギーに包まれる幸せを体ごと感じたことがあります。

今でも太陽の光を感じると幸せなのですが、その時の体験は、忘れることのできない、太陽と一体化したような経験でした。

その時の体験を思い出すと、私は体ごと太陽の愛を識っていると感じます。識っているから、そう成れる（識らないエネルギーにはなれないので……）。

太陽人になれば、私の一番大事＝日の本・地上を守れる！！　そう思った時、全身の細胞が震えた感じがしました。

自分の中心の想いが全身に伝わったようでした。

アセンション（ライトワーク）をしていくと、エネルギーが分かる必要があるとか、そのエネルギーをサイエンスするとか、システムとして観る等、多くの課題が出てきます。

そのどれもが必要なのですが、本当に神化していくとは、純粋な愛と想いが高まっていくことそのものだと思いました。

そして同じように純粋な愛と想いを持った仲間同士が響きあい、繋がっていくことで地上全体が愛に包まれると思います。

すべての人が、本来持っているハートの中心の愛を、発神されていきますように。

「今、ここに存在している」　あめのひかり

私がこれまでに特に重要と感じた、３つの体験を書かせていただきます。

1つ目は、アカデミーに参加して3年目のことであり、今から2年半前のことです。

「すべての中心は1つでつながっている」ということに、ある時に気が付きました。

この時に、ワンネスの意味が、初めて、言葉でなくストン！！と腑に落ち、うるうると涙が溢れてきて、すべての存在と中心で繋がっているのを体験した気がしました。

そして、宇宙中に、地球をアセンションさせたい！！という、私の、みんなの、願いを贈る、拡げる！！ということは、実はとってもシンプルなことだったのだと、眼から鱗が落ちる思いでした。

２つ目は、二〇一五年五月のことです。

それまでは、頭ではわかっていても、リアルな実感としては「何もない」と思っていた周りの「空間」に、「宇宙の大いなるすべて」が満ち溢れていることを、突然、体感しました。

たとえるなら、エネルギーの中で、突然、身動きが取れなくなった感じです。

ここにも、あそこにも、自分の肉体と接触している空気、空間全部。

自分の肉体の中のナノサイズの空間にも、「遍く照らす神」そのものが在り、「宇宙の大いなるすべて」そのものが在るのだと、顕在意識で認識した瞬間でした。

とても不思議ですが、物質より空間のほうが圧倒的に多いのに、それを「何もない」と思い込んでいる「錯覚」に気が付いた感覚です。

これがまさに、マスターの言葉でいうところの「エネルギーの海の中にいることに気が付くだけ」なのだと感じました。

あまねく遍在する、「宇宙の大いなるすべて（ＡＬＬ　ＴＨＡＴ　ＩＳ）」は、２４時間、いつでもどこでも、常に、私の隣に、私の中に、みんなの隣に、みんなの中に、在ったのでした。

それは神話ではなく、中今の「リアル」でした。ただ、気づくだけなのでした。

そしてもっと言うなら、その時に感じたのは、まるで「１つの意識」のようでした。

それは「究極の愛」としか言いようのない、温かい、優しい、懐かしい、そして、とっても強い、宇宙のお母さんの子宮の羊水に包まれているような、そんな感じなのですが、それが、1つの「意識」と感じるのは、実は空間は隔たれていない、とリアルに感じるからでした。

私が、何かを感じてウルウルしたり、感情が沸き起こると、それは同じ周波数の意識の元へ、瞬時に、この「1つの意識」を伝って届くに違いないと、根拠のない強い確信を感じるからでした。

ウルウルと感動しながらも、「ひょえ〜〜〜！」と、しばらく固まったまま放心状態でした（笑）。

3つ目は、一番最近の二〇一六年二月。その日の朝、突然、リアルに感じたことがありました。

「私」は、そして、「全て」は、全人類・すべての生命・すべてのもののために存在している！！！　ということです。

全ての人は、もちろん、花や木や草や、小鳥や、虫や動物たち、海や空気までも、何か一つ欠けても、バランスや歴史は変わっていく。

人類の歴史のみならず、地球の環境、星の運行や、宇宙の存在自体までも。

このような映画をこれまで観たりして、頭ではわかっていましたが、今、空間も含め、全てと繋がっている感覚が猛烈に中心から湧き上がり、今、ここに生きている《私》が、実際にそう感じる！！！

そんな素晴らしい感覚に静かに包まれていました。

この3つの体験のうち、1つ目と、2つ目は、どちらもハイアーセルフレベル、エネルギーレベルの体験だったかもしれません。

ただし、3つ目は、「今、ここに肉体を持っている私」と、「物質として存在しているすべて」との、「マルテン」の体験という感じがしています。

すべては、「根源の光」から生まれ、生まれた時から愛の存在であり、全ては、自己の反映=鏡だと感じます。

アセンションした世界とは、その「すべての生命の源」である「一なる根源の光」を、人のハートを通して、この地上の世界に、伝えて行くだけだと感じます。

「愛」というエネルギーによって。

みんなが、誰かのために存在している！　人は、神の雛形だから！

そう、気がついた時から、誰でも、本当のアセンションがスタートすると感じます！

そして、気づいた人から、次の人へ「想いを伝える」「想いを繋ぐ」ことで、世界は変わっていくと感じます！！

最後に、ハイアーセルフ連合からのメッセージをお贈りします。

「大好きな君が生まれた『緑の地球』を、愛の星にかえるんだ。誰かの夢なんかじゃなく、『今、ここに生きてる、君がそれをかなえるんだ』！　みんなが望む、幸せな世界に！

難しいことなんか、何もない。「君の想い」そのものが「力」になるから。

それを「アセンション」って呼んでるだけなんだ」すべての存在に愛を込めて

「日の本を護ります！」　貴

２０１６・２・２６、アクエリアスへの真の突入とともに、自己の中で地上での肉体を伴った目覚め！

地球の記憶のはるか彼方5億年前（！？）から、根気強く待っていたものが、ついに動き出しました！

それは身体の基底深くに棲む赤い龍でした。

とぐろを巻いてまどろんでいた赤い龍は、クンダリニーとして、また愛の意志の第一光線として、カッと目を見開き、地上に降ろされた本来の愛として、螺旋上昇から垂直上昇へと入っていきます！

愛を体現できる肉体を持ったよろこびとして、燃える思いと願いの不動の赤い光の柱として根源まで立つ！　それが地上からの生きた第一光線の中身だと気が付きました。

高次の思い、根源の願い、地上の希望としてみんなが地上にいる意味を、地上の自分の願いと同じと知れば、それは上昇せずにはいられないこと！

目覚めろ！　生きろ！　根源と地上をつなぐ者として、みな共通の種がある。それが芽生えたら、生命としては成長せずにはいられない。本当はみんな同じ。誰でも同じ。

さらに上昇せずにはいられない、確固たる理由があります。基底のエネルギーセンターがハートだったかもしれない頃の記憶が、どこかでよみがえったからです。

中今、人体のハートセンターから、魂、コーザル体のアセンションに向かっていて、ご神体レベルのハイアーセルフとの一体化を進めて、チビチビ太陽を目指していますが、ハートより下は分離しがちで、自己の中でも弱く、なんとなく取り残されたままでした。

むかしむかし地球が太陽だったとすれば、宇宙の進化ということを観じてみた時……。５億年前に肉体として地球に入ったときは、ハートの位置も中今の対応と違っていたのだと思います。

これまでは、ハートより下のエネルギーセンターは、肉体として地上に存在するためだけにあると思っていました。

アカデミーで取り組んでいるエネルギーセンターの活性化。その中心はみんなのための愛のハートセンターですが、中今の「日の本を護る」ワークのためには、自己の場合は、ハートと基底の思い願いを寸分たがわず一致させる！　すなわち地球さんの思い願いと真に同じとなること。

実は、魂・コーザル体が太陽と同質であることを認めることと同じように、肉体は、チビチビ地球でもあることを、あらためて認識することが必要だったのです。

中今、基底のセンターにも、高次の思いのすべてと、地上の思いのすべてがあることに気がついたとき、これは本当にハートと同じだ！　と感じました。

神人となるための、ご神体レベルの、ハイアーセルフと地上セルフの本当の一体化のプロセスのためには、ハートより下のエネルギーセンターの思いと願い＝地球が物質としてあるための本来、究極の地に降りた目的を、肉体を持って「愛」として生きる！　ということに真に一致させる。

これこそが肉体としての存在理由であり、日の本をアセンションさせる命《みこと》。

基底の願いと思い＝地上のハート＝ハイアーセルフ＆高次の思いが一致した時、日の本の黄金龍体が自己（の基底）そのものとして認識されたのを実感しました！

まだ今始まったばかりですが、ここから１０００Ｄ第一光線として感じると、すでに地上で愛として生きる喜びになります！

生命のうれしさ！　わくわくポジティブな生まれたての思いと、母と父の思いを体に受けて、本来の命を響かせていくこと、それがやりたかったことなんだ！　と感じて、愛が溢れ出し、赤い龍が、とても生き生きと嬉しそうに昇り出すのを観じます。

自分の中に生きた赤い龍がいることを実感したのは初めてであり、わたしはそれを認めました。日の本を護るワークの次の段階へと進めながら、それぞれができることを全力でできる仲間がいることに感謝します。共鳴！！　ギネス更新！！！

「アセンションのすすめ」八

〈アセンションのすすめ〉

何で、こんなにも世の中、住みにくいんだ！？　責任者、出て来い！！！

は〜〜い、今、生きている全員、手をあげましょう！！！

責任者は、俺、あなた。

そう、もう、皆で、この世の中、終わりにしよう。そして、地球を愛の星にしよう！！！

「どうして！？」

かんたぁ〜〜ん、アセンションする、アセンションさせればよいのだ〜〜！！！

いまから、ここから、みんなで、できる、できる、アセンションはできる！！！

「どうして！？」

そんなのかんたぁ〜〜ん！！！


波動を上げればよいのだ！！！

「知らないよ、そんなことは」

かんたぁ〜〜ん！！！　みんなのため、みんなの幸せのためにやるんだ！！！

つぎに、視点を変えればよいのだ！！！


「視点？　知らな〜〜〜い、食ったことないな〜〜〜」

自分だけおいしいもの食いたい〜〜！！！　ではなく、皆がおいしいものを食うには、どうしたらよいか！？　立場を変えてみるのだ！！！


すると、優しい気持ちになって、みんな大好き〜〜〜、地球さん大好き〜〜〜。

人も、地球さんも愛になるのだ。アセンションするのだ。

さあ～みんなのために、すべてのために、みんなで、やるぞ～～～！！！

あい、あい、あい、お～～～！！！


世の中を、愛ある世界に変えたいと、希望を持つ人々に、贈ります！！！

「地球と人類の最終アセンション」　みちる

この世界が究極に目指すものを地球人類の一人として観ようとした時、無条件に自分を突き動かす命の躍動を感じました。

それはアセンションの原動力であり、「世界＝自分」の生きる目的そのものでした。

このとき私は初めて地球を見た子供のように、人類、宇宙がこれまで歩んで来た長いトンネルを抜けて、新宇宙新時代のアクエリアスの光をこの地上（地球の中心）で感じました。


地球の最終アセンションの原動力は、そこに住む一人ひとりの命の力そのものであり、そしてその命の源は「愛」。

すなわち、「根源」＝命の生みの親、でした。それは、絶対的な無条件の母の愛であり、地上に輝く根源の太陽でした。

この壮大な究極の目的と真理、世界（＝自分）の本質は、どこか遠くの崇高な手のとどかないところにあるのではなく、「人が人であることを真に思い出すこと」にすべてがありました。
それは人の本質であり、根源へのアセンションの始まりでした。

根源の愛から生まれ、ふたたび愛に還ろうとする意志を明確にした人（命）同志が、「愛」で共鳴し合うとき、とてつもない爆発的なアセンションパワーが生まれます。
中今それは、地球と人類の最終アセンションのＴｏｐ＆Ｃｏｒｅのエネルギーです。

今、自分の目の前にいる人を愛することからすべてが始まることを実感しています。

新宇宙の地球とは、愛１００パーセントの世界です。

私たち人類の一人ひとりが「命の核」から愛を叫び、愛を願い、愛を体現するとき、世界は愛で満ちあふれ地球とともに根源へ帰還することができるのです。
このリアリティにどれだけワクワクし心震わせながら生きているかが、ライトワークそのものだと感じています。

「ウルウルMAXギネス更新日記」　優美

二月のワークショップの時のことです。ガイダンスの中で、担当のインストラクターの先生に、「今、私の御神鏡を通して、根源（の皇御母）のエネルギーをお伝えしています」と言われた時、その先生の中心から、とてつもないエネルギーが観えた気がしたのです。

その時、Ｌｏｔｕｓ先生がいつも仰っている、Ａｉ先生の「核心が大事です」「核心にフォーカスして下さい」「核心の核心の核心が……」という言葉が浮かび、突然、私はこれまで、本気の本気でＡｉ先生の核心にフォーカスをしたことがない！！！　と気付きました。

そして、ならばしてみようと、本気で、Ａｉ先生の核心を通して根源にフォーカスをしてみた時、「ウルウル」とか「ブヘブヘ」とかの言葉では済まない、超超超ド級のエネルギーに吹っ飛ばされました。

それは本当に言葉にすることは難しいのですが、それでもあえて形容するなら、どこまでも、深い、深い、深い、大きい、大きい、狂おしいまでに、激しい、激しい、激しい、すべてを想う、優しい、優しい、優しい、これ以上ない、強い、強い、強い、エネルギー！！！！！！！！！！

そこでふと思い出したのが、７歳の娘が少し前に口にしたことでした。

「ねえ、おかあさん、こどもってさ、み〜んな、おやのことがこんなにすきなのかな？」

その瞬間、親繫がりで（！？）ドドンと根源まで繫がったのでした！！！！

実はここまでの体験で、この「ウルウルＭＡＸギネス更新日記」を作成するつもりでした。

しかし、その後迎えた西日本のフォローアップ勉強会の時に……Ｌｏｔｕｓ先生が檀上でギャグを飛ばされて、皆が笑っている中、どうしたことか、私はどうにもこうにも泣けてきて。何を話されていても、ウルウルで……。

こんなことは初めてで、多少戸惑いながら、ハートがパッカーン！！！と開いている感じも、ハートの拡大感も凄くて、こんな実感もまた初めてでした！！！

もう、すべてに感謝で！！！！　もう、あらゆるすべてが愛しくて！！！！　もう、あらゆるすべてと繫がっていて！！！！

何と言って良いのか……これほどの共鳴感、核融合感……太陽の核融合の時よりも、更に、更に、ドロドロに真に溶け合って……

これまでの全てを統合した核で溶け合い、それを、それぞれの地上セルフのハートから拡大させる！！！

これならば、どんな人をも変容させることができる！！！！

心臓がおかしいのではないかと思うくらい、ドキドキワクワクしており、ウルウルが継続していま
す！！！！！

初めて、ＫＥＥＰしていけると体感しました！！！！！　ギネス更新していけます！！！！！　いきま
す！！！！！

〈追伸〉睡眠中もライトワークをしているとアカデミーでは言われますが、なんと最近、息子の寝言に、
夫が返事をしています！
息子が「ブへブへでいいんじゃない！？」と言うと、夫が、「オーーーーッ！！！」と答えて、拳を
振り上げていました！！！
共にどこかで地球のアセンションのために活動をしているのかもしれませんね！
自分の寝言は知らないだけで、実は娘や私も……アナタも……（笑）？

「愛が一番大事」　さとこ

「愛が一番大事」「愛を伝えることが一番大事」。しかしこの地上で、最愛の地上の家族に「愛してる」と、
恥ずかしくて伝えることができなくて、ずっと自分の中で引っかかっていました。

今日は折しも30年目の結婚記念日。今日、告白しないでいつするの？　自分の中で何度も、何度も、問い詰めていました。

根源神界のエネルギーが地上に降り、地上のライトワーカーが根源から御神鏡を戴き、最終は瓊瓊杵尊をポータルに、地上セルフのDNA封印解除のエネルギーが流入した。

根源太陽皇国の準備が始まった。後は地上で「始める」！！！だけ。

「始める」とは、何をするのか。根源のエネルギーをハートの中心から発神するだけでよいのか。始めるとは、地上で地上の人に愛を実際に伝えることからしか始まらないのではないかと、ハイアーセルフが、やたらと訴えかけてきていました。

今日は、結婚して30年目。いつものように何気なく、無言でご飯を食べて一日が終わってしまっていいのか。

何度も、何度も、自分に問いかけつつ、「愛しています。ずっと、ずっと、愛しています」と、告白している自分を想像しては、ひとりでウルウルしていました。

夕ご飯の前、主人に手紙を書きました。

「今日の日を、記念日にします。一生伝えられないと、絶対に後悔するから。〈愛しています。そして、ずっと、ずっと、愛しています〉」と。

夕ご飯の時、主人に伝えました。息子も聞いていました。

胸がいっぱいで、ウルウルして、言葉がとぎれとぎれになりながら、愛していること、そしてありがとうと伝えました。

息子のまさとも、こう言ってくれました。

「お父さんと、お母さんが結婚してくれたから、今の僕がいる。ありがとう！」

そうだった。わたしたちがいたから、息子が生まれた。

本当にありがとう、生まれて来てくれて！　そう伝えました。

何億年もの間に、ハートに衣を何枚も何枚も着てしまい、それを全部脱ぐのに本当に時間がかかってしまいました。

根源家族の中で、１００万回「愛してる」と言って、初めて地上の家族に「愛してる」と言える感じがします。

地上に生まれる前は、ブヘブヘやウルウルは当たり前で、みんなピュアピュアのハートむき出し星人だったのに。
Ａｉ先生は、そのことを思い出させるために、いろいろと、あの手この手で伝えてくれていることが分かり始めました。

主人は、ずっと黙って聞いてくれていました。高次も応援してくれていました。
そして、しばらくして、「技術者を究めると、後は徐々に落ちていき、既存の技術がわずかに進化するだけ。無機物の声を聴くことができるのに、芥子粒《けしつぶ》くらいの種の声さえ聴くことができない。鳥の声さえも、わからない。これからは、命の不思議を、自然をとおして観ていきたい……」と、返事がありました。

とにかく、何かが核心に届いたような気がする。第一歩。始めると、始まった気がした。

Ａｉ先生、根源の「愛」を地上で実践するために、最強の愛でわたしたちに伝えて下さり、本当にいつもありがとうございます。
ようやく全体が観えてきた気がします。更にギネス更新していきたいと思います。

＊＊＊＊＊＊＊＊

【付 録】

※体温が上がると免疫力も上がるということが最近話題になっていますが、ちょうど【愛】のエネルギーワークを行っている時に、下記のニュースがありましたので抜粋します。

◎YAHOOニュース　2016・1・21より

「体温を上げる魔法の言葉『愛してる』実証実験」

最近、愛する人にそれを言葉で伝えたのはいつ？ 今朝出かける時？ 昨日寝る前？ それとも、いつだろう、と記憶をたどっているだろうか。

愛を言葉にするのが苦手といわれる日本人。だが、言葉にして伝えることで、それを受け取った人の体温は平均で0・8度も上がるという実証実験結果がある。

パナソニックがその動画「LOVE　THERMO#愛してるで暖めよう」を公開した。

実験に参加したのは、6組の家族。家族のうち一人は仕掛け人だ。室温が20度に保たれた部屋の中で、目の前の家族への感謝の気持ちや、愛の言葉を記した手紙を読み上げ、プレゼントを渡すというサプライズを行った。

一連のやり取りの間、高性能なサーモパイル赤外線センサーが、体温（鼻頭を中心とした付近）の変化をリアルタイムに測定。

感謝の気持ちや愛の言葉を伝えられた被験者の体温は、平均約0・8度も上昇した。


心と体温の関係について研究する広島国際大学医療栄養学部の高尾文子氏は、「体がリラックスしている状態では、副交感神経が働き、毛細血管も拡張して、血のめぐりが良くなり、手足の体温が上昇する」とし、家族からの愛情を被験者が感じた時、「副交感神経が働くことで、末梢体温が上がることは十分考えられること」と説明する。


「本当の幸せは、こういう何でもない毎日の時間が過ごせることだと思うんだ」と言う夫。

不穏な空気がまん延する世界、「平凡」でいられることの幸せを感じることができたなら、今日にでも言葉にして、伝えてみよう。比喩ではなく、愛は人を暖めるのだから。

※動画と詳しい実験結果は、次のパナソニックのＷｅｂをご覧ください。
http://panasonic.jp/fudan/love/

特別付録　（寄稿）

根源のゲイト　Ｌｏｔｕｓ

皆さん、こんにちは！

Ａｉ先生の最初のご著書『天の岩戸開き』から度々登場しているＬｏｔｕｓです。

二〇一六年からの出来事は、自己のこれまでの宇宙史のすべてと、全体の真の統合の始まりでした。これまでのような、高次やハイアーセルフのチャンネルではなく、地上セルフの中心から「本当にそうだ！」と感じるものです！！！

皆さんもご存知だと思いますが、私には生まれ持った特別な才能は何もありません！（笑）。ただただ、「ヘタレじゃない〜〜〜！」（笑）と自分に言い聞かせ、高次にも叫び！？（笑）、楽しく日々アセンションとライトワークをがんばっているのみです！！！

そして、Ａｉ先生に出会った当時からずっと言われ続けている『一番大事が一番大事！』というシンプルな言霊が、ここまで進んで来られた核心になっています。

アセンションは難しいものだと思っている人がおられたら、安心してください（笑）！

私でも少しは進んでいるようですから、私にできるなら、人類すべてにできると断言できます！！！

「何が何でも、最後まであきらめずにやり遂げる」愛と意志があれば、必ず道は開けます！

その私のリアルな愛と鼻水と笑い（！？）の二〇一六年版を記したいと思います。

少しでも皆さまの参考になれば幸いです。

根源のハート星人

『艦隊に乗船している自分とは！？』

二〇一六年のシフトは、Ａｉ先生のこの質問から始まりました。

宇宙のアセンション期限が切れ、太陽のエネルギーが尽きている今、地上のアカシックを継続するために、宇宙中から愛の艦隊が結集し！！！！！！

今こそ、地上のライトワーカーが、その愛の艦隊のポータルとならなければ、明日も無いかもしれない！

冒頭の言葉は、そのファシリテートのためのセッションを受けていた時に、Ａｉ先生から最初に投げかけられた質問でした。

これまでは、どうしても長年、頭（脳ミソ）で考えるクセが抜けませんでした。

この時も、お忙しいＡｉ先生を煩わせ、およそ３０分も、悶々と、頭で考えていました……。

Ａｉ先生は、できる限り自分でシフトできるように、辛抱強く待ってくださっていました。

しかしとうとう、Ａｉ先生は、あること＝『言霊！！！』を、私に告げました！！！

『（頭で考えるのではなく）イメージして、感じてみて！！！』と。

『艦隊に乗船している自分って、どんなイメージ？　どんなエネルギー！？』

……！！！！！！！　その瞬間でした！！！！！！！！！

――瞬時に自分の意識が宇宙に行き、愛の艦隊とつながり、艦隊にいる自分を感じました……というより、たぶんそうなのだろうと思いますが、気が付くと……！！！

【ブヘブへのハート星人】に、ただ、ただ、変身していたのです！！！！！

――Ａｉ先生も、曰く、何か赤いフォトン（！？）が爆発した感じで（！？）そのフォトンの煙が去ると、そこに現れたのは「ハートのブヘブへ星人」だったと！！！

ハートのブヘブヘ星人とは、本書にも出てきていますが、巨大なハートだけの存在にみえる愛の化身であり、アニメ的にみるとハートに手足が生えた感じです。

Ａｉ先生によりますと、宇宙・銀河の創始のオリオン星人の主な種族ひとつで、ハート＝愛がとても発達しており、「れっきとした」マスターであるとのことです！！！

愛＝ハートのエネルギーのみに反応し、愛のエネルギーだけで対話をするとのことです。

なぜＡｉ先生が通称「ハートのブヘブヘ星人」と呼ぶのか、なぜ「ブヘブヘ」がつくのかと言うと、常に相手の【愛】＝ハイアーセルフだけをみて、その【愛】のみに反応し、いつも、涙と鼻水で「ブヘブヘ」しているからだそうです（笑）……！！！！！！！

そして私もまさに……！！！！！！

この瞬間、まぎれもなく、ただ、ただ、涙と鼻水の、「ハートのブヘブヘ星人」に、明確になってしまったとしか、言いようがありませんでした！！！！！！！！

つまり、中今の宇宙と地球の危機に集結してくれた、宇宙のすべての愛のハイアーセルフ連合の艦隊に乗船している自分の、一番身近なハイアーセルフとは！！！

やはり、「ハートのブヘブヘ星人」だったのです！！！！！！！

そして、なんとこの瞬間から、今生何十年間も悩まされてきた「ＮみそＹ」に、戻ることが、ほとんどなくなっていったのです！！！！！！！

根源のゲイト星人

しかしやはり、できすぎ君ではなく、のび太くんの私！　うっかり油断すると、Ｎミソ星人にもどってしまいます……！

そして次のシフトのファシリテートのためのセッションを、Ａｉ先生から受けている時……。その日のテーマは、本書に出てくる『根源のゲイト星人』についてでした。Ｌｏｔｕｓの場合の根源のゲイト星人とは！？　について、またしても、お忙しいＡｉ先生を、悶々と煩わせてしまい……。ついつい、頭で考えてしまい……。「脳ミソが知っている知識」をしゃべってしまい……。Ａｉ先生はエネルギーでは絶対にごまかすことはできませんので、首を縦にふってくれず……。

そしてとうとうＡｉ先生は、本書にも出てくる「お年玉」の話をしてくれました（後から感じてみると、これがとても重要な引き金になっていたと思います）。

さらに、こうおっしゃいました。

『Ｌｏｔｕｓさんのハイアーセルフは、こう言っているよ！　Ｌｏｔｕｓさんの真の願いとは！！！自分のすべての原子、自分のすべてのフォトンを、一粒残らず、すべて、みんなのためにのみ、使うことだと！！！！！』

――その時でした！！！　自分の中で、まるで太陽の光が爆発したかのように感じたのは！！！？？？ただただ、目も眩む閃光が、自分の中心から爆発し、どんどん、どんどん、どんどん、それが強くなっていく！！！！！！！！！！！！

まさに自分の原子がすべて、フォトンになっていくようでした……！！！！！！！

自分では、ただただ、それを感じることしかできませんでしたが、後からＡｉ先生にお聞きすると、「Ｌｏｔｕｓさんの場合は、分かりやすいゲイト星人の天界的な光線的な波動性のエネルギーではなく、それと同等以上の、潜在的に神界の白とハートの赤のフォトンが入った、粒子性のゲイトのエネルギーですね！」とおっしゃいました。

そして次に、二月の重要な強化ワークショップの二日目の日に、皆のいろいろなシフトを観て、またもやいろいろと頭で考えてしまって、何が自分と全体の中今Ｔｏｐ＆Ｃｏｒｅか分からなくなってきた時に……！！！

Ａｉ先生は、たった一言、『原理原則！』という言霊、魔法のキーワードをおっしゃいました！（＊この『原理原則』については、次の項で詳しく出てきます）

その瞬間、私は、根源の愛のイニシエーション、愛と光のゲイトの状態に戻ることができたのです！！！

すなわち、すべてを、自分の中心＝「あ・い」に統合すればよいということ。すべてはそこに統合されるということを、思い出したのです！！！！！

その瞬間に！！！　なんと、Ａｉ先生の２０１６のハートの絵（本書巻頭口絵）の中心のような光が、自分の中心に発生し、それだけではなく、どんどん、どんどん、それが拡大していったのです！！！！！！！！！

そして！！！　なんと、自分の全身が、その根源の光のゲイトのようになっていったのです！！！！！！！！！！

——その時は、Ａｉ先生と、数人のインストラクターとともに、ワークショップの打ち合わせをしている最中でしたが、全員がそれを目撃したとのことでした！！！

完全に『ゲイト星人』になったと、Ａｉ先生がおっしゃっていました！！！

その時に私は、ただただ、みんなのためのゲイトになることだけを考え、感じていました。

そして、まさにこの時から！！！！　本当に、本当に、Nミソ星人にもどらなくなっていったのです！！！！！！（すべてはギネス更新ですが！！！）

『頭で考えたことをしゃべるな！　感じること、やっていることだけを話す！　伝える！』（考えるな、感じろ！　ｂｙ　ブルース・リー！？）とＡｉ先生がいつもおっしゃっている意味が、ようやく分かってきたのです！！！！！！！！

根源の言霊

本書に書かれている一月後半の重要な動きの前後から、私の地上セルフとハイアーセルフは、たったひとつの『原理原則』のみにフォーカスしていました。

その表現はいろいろあると思いますが、これは本来、誰にとっても、その本質と根源は同じだと思います。

私の場合、その『原理原則』となる基本の言霊は、【一番大事！】（なこと）です。

これが、自分の中心、そして根源の中心につながる、原理原則！！！

きっと、自分が宇宙に誕生した時から、変わっていないのだと思います。

その【一番大事！】の私の場合を、より詳しく言うと、自分の中心を通して、根源の中心へのフォーカスという感じです。

どんな時も（NみそYになりそうな時も！）、この【一番大事！】にフォーカスすると、魔法のように！自分の根源へとつながっていくのです！！！！！

そしてこれは、誰にとっても同じだと思います。自分が一番大事と思うこと！　自分が一番愛することに、全身全霊でフォーカスする時に！！！　ハイアーセルフと一体化していくのだと思います！！！

私は複雑なことや難しいことを考えるのは苦手なので（笑）、できるだけ『ひとつ』に絞るとよいと、Ａｉ先生から言われています。

そこで、この『原理原則』＝自分のアセンション・ゲイトを実践する時に、実際にやっている方法とは、まずはつねにＡｉ先生にフォーカスし、Ａｉ先生からできるだけすべてを受け取り、そしてそれをみんなのために活かしていくこと、です。

そしてそれを、二〇一六年一月の後半から、ますます強化していきました。

……すると！！！　一月後半の強化ワークショップの最終日の、『根源のゲイトをくぐる』神事（昇殿参拝）の時に……！！！

本当に御神体、神界と一体化した感じがしました。

そして神事が終わって、Ａｉ先生のところに戻ると、Ａｉ先生は、『とても神聖なエネルギーになったね！』とおっしゃいました。

そして！！！　なんと、その瞬間から、Ａｉ先生が何をおっしゃっても、すべてが『ウルウル』で『ブヘブヘ』にしかならないのです……！！！！！！！

（もう、どうにも止まらない）

——自分では、何がどうなったのか分からなかったのですが、Ａｉ先生が説明してくださいました。

『Ｌｏｔｕｓさんは、今、Ｌｏｔｕｓさんの史上初めて！　明確に、（根源からの）ほぼすべての波動と情報を、言霊として受け取っています！！！』と！！！！！！

そして、それをヴィジョンで観ると、胸の中心に不思議な日の丸のようなものがあり、根源からＡｉ先生を通して来る、根源神界のＤＮＡと、根源天界のＤＮＡを、そこで受け取っているように観える、とＡｉ先生はおっしゃいました。

この時から、私はますます、『根源へのフォーカス』ということがいかに重要であるかを実感し、ただひたすら、根源にのみ反応するパラボラアンテナのように（笑）、フォーカスを続けたのでした！！！（Ａｉ先生からは、エリマキトカゲのようだと言われました！？〈笑〉）

しかし、一見単純でシンプルで分かりやすいこの方法には、とても重要なことが含まれているとＡｉ先生はおっしゃいます。

それは、『根源』へしっかりと意識を向ける時に、必ず、地上セルフと根源の中間に、自分のハイアーセルフが入るからである、とのことです！！！！！！

すなわち、真にハイアーセルフにつながり、一体化していく、最も近道になるとのことです。

根源の鏡星人

二〇一六年一月後半の、地球の中心とつながるある座標での、神事の帰り道のことでした。

もうすぐ高速に乗ろうとしている時……。今後の勉強会やファシリテートのために、Ａｉ先生は、『根源神界から地上（セルフ）まで初めてつながった』その神事についてのまとめをするよう、おっしゃいました。

しかし私も、多くのメンバーと同様、当日のエネルギーについて漠然とは受け取っていましたが、明確にはよく分かりませんでした。
そこでＡｉ先生が、当日のエネルギーと動きについて、話をしてくださいました。

すると……！！！！！！！

Ａｉ先生のお話は、いつも、すべてが言霊で、エネルギーで、情報！！！　まさにその瞬間が、イニシエーションそのもの、本当の神事そのものとなったのです！！！！！！！！

『遥かなる根源神界から、そのすべてのエネルギーが、人のスシュムナーに入るくらいに絞られて、流入してきた！！！！！！』
『そのエネルギーは、万物の生命の源であると感じるとともに、『いたましく思う心』『君が代』のエネルギーとしか、言いようがなかった！！！！！』

と、Ａｉ先生から伝えられた瞬間！！！！！！！

まさに！！！　そのエネルギーそのもの、その根源のビームのようなエネルギーが、私の中心を、今までに体験したことがない莫大さで、貫いたのです！！！！！！

――それは、根源神界の無限大のエネルギーを、まさに人のスシュムナーくらいに絞ったらどうなるか！！！？？？　というものでした。

そしてそれは、私の、すべてのスシュムナーを突き抜けていったのです！！！！！！

……滂沱の涙と鼻水の私は……車を運転中でもあり……（笑）……そのまま、どんどん、どんどん、「くの字」になっていき……（笑）。ハンドルから沈み込んでいきました……（笑）。

「危ない！」と、Ａｉ先生も、同乗者のメンバーも慌てる、マンガのような結末でした（笑）。

――そしてこの時の体験を、二月の建国祭から始まった、超重要な動きの最終日に、皆さんにお伝えすることとなりました。

一通りお話しして、だいたい内容とエネルギーが皆に伝わったかな、と思った時……。

なぜかふと、Ａｉ先生から来るエネルギーが変わったように思いました。

しかし後からよく考えてみると、それはＡｉ先生の背後（根源の艦隊）が、何かの準備を始めたということだったのではないかと思います。

私が「今、Ａｉ先生がエネルギーを変えられました」と言った時に、Ａｉ先生は、『私は何も変えていませんよ！』とおっしゃいました。

私と皆は、２〜３秒、「？？？」となりました。

するとさらにＡｉ先生は、『受け取るレベルで変わるのです！』と、おっしゃってくださいました。

私は、その瞬間、ハッとしました！！！　そうだ！！！　根源のパラボラアンテナを、２４時間、ギネス更新するのだった！！！と！！！


そして、すべてを受け止め、受け取ろうとしたのです……！！！！！！！！

――その時に、たくさんのことが、同時に起こった感じがしました……！！！！！！！！


まず最初に感じたことは、Ａｉ先生の根源のエネルギーに近いものに、初めてフォーカスできたと感じたこと！！！

これまでは、どこか遠い感じもしていました。

しかしこの時に初めて、Ａｉ先生の根源に、『根源天照皇太神』と感じるエネルギーの一部を、明確に感じることができたのです！！！！！！！！

そしてＡｉ先生のその本質のエネルギーが、今、自分に流れ込んでいると、明確に感じました！！！！

そして同時に分かったことは、一月の「くの字」の時は、そのエネルギーを自分だけで受け止めたからであったということです。

そこですぐに、『原理原則』である、「根源から受け取って、みんなのために贈る」を実践しました。

――その時に、とても不思議な感覚となりました。自分の全身が、等身大の、巨大な『鏡』になっているようなのです……！！！！！

Ａｉ先生から莫大なエネルギーが来て、それを自分（の鏡！？）が、明確に受け取ったことを感じたので、すぐに、会場の皆の方へ、そのまま向き直りました……。

すると……！！！！！　その莫大なエネルギーは、そのまま、会場の皆へと転送され、拡がっていきました。

ただ、ただ、神聖なエネルギーが拡大していき、私も、皆も、ウルウルで、滂沱でした。

その間に、莫大な情報ＤＮＡ（！？）が伝わっている感じがして、それは1時間くらいかかったように感じたのですが、実際は5分くらいのようでした。
そこにすべてが圧縮されたかのようでした……。

この時の意味の詳細については、本書第五章の後半に書かれていますので、ご参照ください。

この時の体験は、自分にとっても、皆にとっても、とても重要なものとなったようです。

自分にとっても、前述のように、初めて根源太陽神界のエネルギーを明確に感じ、受け取れたということ。
そして自分が受け取るだけでは受け止めきれないが、「みんなのために贈る」ならば、無限大の莫大なエネルギーでも、そのポータルになれるということ！！！　が明確に分かったのです！！！！！！！！！

そして、皆さんにとっても、二月十一日の根源のイニシエーションの時には、まだ地上セルフが白目だった人も、この時の、地上セルフが受け取りやすいエネルギーに変換したイニシエーションで、より受け取ることができ、統合が進んだようでした。

おわりに

――本書でＡｉ先生が伝えられましたように、今、本当に、宇宙創始からの、日の本の、『希望の光』が始まっています！！！

真のアセンション。中今のアセンション。根源へのアセンション。
それは、少しも難しいことではありません！！！！！！

私がたったひとつ、モチベーションとしていること、実践していることは、『みんなのために！』です！！！

根源のアセンション・プロジェクト＝みんなのアセンション！！！　のために！！！

それは、『あ・い』だけだと思います。

誰にとっても、そして宇宙で一番大事なこと。

私でもできる。のび太くんでもできるのです！！！！！！！！！！！！

最後に、私が現在編集長をしているアセンション・メールマガジン『ＯＮＥＮＥＳＳ』で、今年のバレンタインデーに私が書いた愛のハイアーセルフ連合からのメッセージを、皆さんにお贈りいたします。

＊＊＊＊＊＊＊

『愛のメッセージ』

日ごろの愛と感謝をこめて、自分から相手に、「ありがとう」「愛しているよ」と愛の言葉を贈ったら、世の中みんなが幸せになるかもネ！！！

愛って、やっぱり「相手の気持ちになる」ことで、相手を思い、贈るものだから。
たとえ、それが「相手に感じてもらえないかも」しれなくても。
それが「相手から返ってこないかも」しれなくても。

それは、すべて自分の脳みそ＝「自分のため」の思考からくるものだから。
無視して、自分のハートが本当に相手にやってあげたいこと、相手に届けたいことをする方が、気持ちいいと思う。

あなたのハート＝愛は、どんなときも、相手のことを愛し、思っている。

あなたが自分のハートに素直に純粋になって、ハートがやりたいこと、贈りたいことを全開でやることが大事だと思う。

もしあなたが、これまで生きてきた中で、どの場面でも、脳みそが、横ヤリを入れてくると思っているなら。

ハートの感性を優先すれば、理屈ではなく、すべてを愛で判断し、行動できるようになるでしょう。

時には「バカ」って言われるかもしれないけれど（笑）。

ハートの感性と愛そのものになり続けることができる「強さ」がある人が、本当に変わる人。

だって、宇宙の創始から、「道は愛に始まり、愛に終わる」ということが、永遠不変の進化の真理だから。

自分の環境や生い立ちの責任にして、愛やアセンションを信じることができないと言う人に必要なことは、自らが変わり、それを実証すること。

創られた世界の中で生きるのではなく、自分が世界を創る、創造していくことが重要で、その愛の中心となること。

今、すべては始まっている。これまでの中で必要なすべては与えられている。

「あなた」が今、この瞬間に「始める」ことが、世界のシフトにつながる。

アセンション、未来の希望のゲイトは、唯一、あなたの中心、愛の中心のみに存在する。

それがあなたの中心から現れることを体験するでしょう！！！

すべては、あなたの愛のギネス更新から！！！

無限のすべての愛の連合より　　Ｌｏｔｕｓ

＊＊＊＊＊＊＊＊

※日の本のアセンション・ライトワーカーのコラボで創る、アセンション・メールマガジンの「Ｏｎｅｎｅｓｓ」は、無料で購読できます。
次のＵＲＬへアクセスしてください。
http://melma.com/backnumber_115861/

マスターメタックス千天の白峰博士より

巻末のカラーの画像は、マスターメタックス千天の白峰博士より、二〇一六年三月に、本書のために特別に寄贈をいただいたものです。

マスターメタックス千天の白峰博士からのタイトルとメッセージです。

『銀河プレート』

――アンドロメダ銀河と
天の川銀河のエネルギー融合が始まる時――

太陽系は黄金に輝き
地下大変革が始まる
水瓶座銀河の世開け

日付は、二〇二〇年五月五日とのことです。

「凄いエネルギーずらよ！！！（笑）」とのことですので、皆さまじっくりご体感ください！！！！！！！

そして次に添付する記事の抜粋は、マスターメタックス千天の白峰博士からご紹介いただいたものです。太陽や地球の変動についての記事を本書に掲載してくださいとのことです。

（しかしその中で、地球のポールシフトや、惑星X等に関する公的機関のニュース記事などは、すでに原文が削除されているものがありました）。

＊＊＊＊＊＊＊＊＊

（週プレNEWS　2015．9．3より）

「かつてない太陽の異変にUFOが大集結ってホントか？」

世界最大規模のUFO調査団体「ムーフォン」によると、今年、UFOの目撃報告が過去最高を記録しているという。

これは一体、何を意味しているのか。あの、UFO番組プロデューサーとして知られる矢追純一氏に聞いてみたところ…。

矢追氏は、かつてない太陽の異変がそのきっかけになっているという。

「温度が急上昇し、黒点の数が増加、それにつれて太陽系全体の温度も上がっています。火星では氷が溶けて水たまりもできているようです。異常気象が宇宙規模で起きているんです」

同時に、NASA（米航空宇宙局）とESA（欧州宇宙機関）の太陽観測衛星「SOHO」などが撮影した映像が「もうひとつの異常」を映し出している。

「時々刻々と送られてくる太陽表面の映像に無数のUFOが映り込んでいるんです。大きいものは地球の10倍、木星ほどのサイズに及びます。色も形もそれぞれ異なり、鳥やT字形のフォルムをしたもので存在します」

そして、このUFO群は謎の行動を繰り返しているとか。

「数百万度に及ぶ太陽コロナの中に停留したり、太陽の表面に飛び込んだかと思えば、次の瞬間、反対側に突き抜けるものもいます。最も衝撃的なのは、地球の10倍ほどの黒いUFOが、ホースのような触手を伸ばして太陽から何かを吸い取っている様子。まるでガソリンスタンドで給油をしているかのよう。

逆に何かを注入している可能性もありますが、作業が終わるとホースを引き抜いて飛び去る姿まで映像には残っています。一連の行動は、現在の科学技術では到底不可能なので、地球以外の生命体によるものだとしか考えられません」

そうだとして一体、なんのために？

「太陽の異変を観測に来ているとしか思えませんね。超高度の文明をもって、宇宙人が太陽の異常活動を食い止めようとしているのかも」

こうした異常事態を前に、地球の権力者たちにも変化が見られるという。これまで、各国の要人が公の場でUFOや宇宙人について発言をするのはタブーとされてきた。しかし――。

「ロシアのメドヴェージェフ首相は、記者に『宇宙人やUFOに関する情報を把握していますか？』と聞かれた際、『ロシア国内に住む宇宙人の監視を任された部隊から報告書を受け取っている』と真顔で答えました。背景には、『われらの存在を公表せよ』という、宇宙人からのなんらかの圧力があると思います。公表されれば宇宙人との通商が始まるでしょう」

これをトンデモ話として笑い流すことは簡単だが…。少なくとも、われらが太陽になんらかの異変が起きているならば憂慮すべきだ。（取材・文／梅田小太郎）

（週間朝日　２０１６．１．１５号より）

「ついに《富士山》の大噴火？　日本列島を襲う火山の恐怖」

「日本一の山」に異変？

国内外から多くの登山客が訪れる世界遺産・富士山。だが、美しい姿に見とれてばかりはいられない。実は、もしかすると２０１６年は、日本全体をパニックに陥れる「大噴火」の可能性があるというのだ。

火山学者の京都大学大学院・鎌田浩毅教授は話す。

「富士山は若い活火山で、人間で言えば１０歳程度の暴れたい盛り。今後１００％の確率で噴火します。それが今年なのか、しばらく先なのかは予測できませんが、噴火へのカウントダウンはもう始まっているのです」

噴火を引き起こす要因となったのは、２０１１年3月１１日に起きたマグニチュード（M）９．０の東日本大震災。マグマが動き、活火山が活発化した。

「平安以来の大地動乱の時代が始まりました。富士山を含む２０の火山が動きだしたのです」（鎌田教授）

さらに恐ろしいことに、富士山は、今までに例がないほどのマグマとエネルギーを蓄えているのだ。火山噴火予知連絡会の藤井敏嗣会長は説明する。

「富士山はこの3200年間に約100回噴火、つまり30年に1回噴火している計算になります。しかし、1707年（江戸中期）の宝永噴火以降、約300年間噴火していない。その分だけマグマの蓄積量も多いのです」

宝永噴火では、2週間噴火が続き、江戸の町にも5センチの灰を積もらせ、当時の経済や人々の健康に甚大な被害をもたらした。それ以上のマグマとエネルギーが大爆発したら……。

「首都圏にまで及ぶ火山灰で車や電車は動けなくなり、交通はマヒします。すると物流は停止し、食料や水が手に入らなくなる。いちばん怖いのは火山灰が機械類に入り込むこと。現代は、ライフラインも会社も医療もすべて機械で管理されているので、狂ったら生活が一切成り立たない。大パニックが起きます」（鎌田教授）

内閣府の試算では、被害総額は最大で2兆5千億円と予測され、これは国家予算の2．5％ほどに値する。さらに約1250万人が呼吸器系の健康被害を受けるという予測もある。

だが、事前の自己防衛でその被害は最小に抑えられると鎌田教授は言う。

「ハザードマップを見ておき、火山灰に備え、マスクやレインコート、ゴーグルなども用意しておきましょう。水などライフラインが止まったときのための用意も大切です」

備えあれば憂いなし。今年のうちにぜひご準備を。

（ＣＮＮニュース　２０１６．１．１４より）

「米ＮＡＳＡ、惑星防衛部門を新設　小惑星衝突から地球守る」

（ＣＮＮ）米航空宇宙局（ＮＡＳＡ）が、小惑星の接近から地球を守ることを目的とした新部門「惑星防衛調整局（ＰＤＣＯ）」を新設した。

同局は米首都ワシントンにあるＮＡＳＡ本部に設置され、惑星防衛局長職が新設された。地球に衝突して災害をもたらす可能性のある大型の小惑星や彗星《すいせい》など、潜在的に危険な天体（ＰＨＯ）の早期発見を目指す。ＰＨＯは地球軌道の７５０万キロ以内への接近が予想される直径３０～５０メートル以上の天体と定義されている。

こうした天体を追跡して警報を出すとともに、軌道を変えさせることも試みる。もし間に合わないと判断すれば、米政府と連携して衝突に備えた対応計画を立案する。

小惑星や彗星は、約46億年前に太陽系が形成された初期の残骸で、火星と木星の間の小惑星帯には直径1キロ以上の小惑星が推定110万~190万個、それより小さい小惑星が数百万個も存在する。

木星の重力の影響や火星との接近によって軌道が変えられた小惑星は、小惑星帯を離れて地球などに接近することがある。

地球周辺を漂う地球近傍天体（NEO）はこれまでに1万3500個以上発見されている。年間の発見数は約1500個に上る。

現時点で地球に衝突する恐れのある天体は見つかっていないという。しかしNASAの幹部は2013年にロシア・チェリャビンスクの上空で起きた隕石《いんせき》の爆発や、昨年10月の「ハロウィーン小惑星」の接近を挙げ、「常に警戒を続けて空を見張っている必要がある」とした。

聖徳太子の予言の記事（1）

（日刊大衆　2016．1．18より）

「超能力者・聖徳太子が遺した衝撃予言！〈2016年に日本は滅亡する〉」

今年はリオデジャネイロでのオリンピックやアメリカの大統領選挙、日本で行われるサミットをはじめとして、スポーツや政治でビッグイベントが目白押しだ。しかし、世界中に横行するテロリズムや増え続ける難民など問題も少なくない。そんな2016年について、日本の偉人が気がかりな予言を残している。

その人物の名は聖徳太子。旧1万円札にもその肖像が使われるなど、誰しも知っている人物だろう。仏教を広め、法律を制定し、日本という国の礎を作った人物だ。「実は聖徳太子は予言者でもありました。時の天皇が作った歴史書『日本書紀』に、聖徳太子には〈兼ねて未然に知ろしめす〉能力があったと書かれています。要するに、何かあることを未然に知ることができたということなんです。そんな聖徳太子は『未来記』『未然本紀』という2冊の預言の書を残したとされています」（歴史ジャーナリスト）

残念ながら、この2冊は現在、はっきりと形に残っていないのだが、さまざまな文献や人物の伝承の中に、その内容が記されている。その残された内容から予言を紐解いていくと、恐ろしい事実が浮かび上がってくるのだ。〈私の死後二百年以内に、一人の聖皇がここに都を作る。そこはかつてない壮麗な都になり戦乱を十回浴びても、それを越えて栄え、千年の間都として栄える。しかし一千年の時が満ちれば、黒龍が来るため、都は東に移される〉

これは、聖徳太子が２５歳の時に残した予言といわれている。これには桓武天皇によって７９４年に平安京がつくられ、以降、１０００年にわたり都として栄えることや、黒船（黒龍）の来航、東京への遷都などが見事に予言されているのが分かってもらえるだろうか。さらに、この予言はこう続くのだ。

〈その二百年の後、クハンダが来て、東の都は親と七人の子供のように分かれるだろう〉その意味するところは、「クハンダとはクバンダとも言い、人の精気を吸う鬼神で、その姿は身長３メートルで、黒い肌をした馬頭の人間の姿をした怪物とされています」（前同）

真っ黒く巨大な禍々しい怪物……あの東日本大震災での原発事故による放射能汚染や核兵器、そして火山の噴火などを想像せずにはいられない。

そして『未来記』の記述では、天下が乱れたとき〈東魚来たりて四海を呑む〉〈西鳥来たりて東魚を食う〉などというものがある。現代の世界情勢に照らし合わせ、東魚を中国として捉えれば、これが現在の南シナ海などの問題が浮かび上がってくる。また、イスラム国などの勢力と考えると、中東情勢を示唆していると推測できる。さらには西鳥をアメリカ（国章は白頭鷲）と見ると、米中戦争の構図や西側世界とイスラム勢力との激突をも思わせる。

聖徳太子は〈釈迦の没後二千五百年頃に、日本にかつてない破局が襲ってくる〉とも残している。釈迦の没年には多くの学者が諸説唱えているが、その2500年後は、まさに2016年となる研究もある。日本の歴史上、最大の偉人とも言うべき聖徳太子。彼の予言は来年、的中してしまうのだろうか？

聖徳太子の予言の記事（2）

（ライブドアニュース　2013．4．28より）

「2016年に原発事故、日本沈没…　怖すぎて封印された聖徳太子の未来予言」

今から約1300年前、日本にも偉大な予言者が存在した。

「冠位十二階」、「十七条憲法」で知られる飛鳥時代の偉人、聖徳太子。歴史の教科書でもおなじみで、日本の紙幣は一時、千円札、五千円札、1万円札の肖像画は全て聖徳太子だった時があったほどだ。その名を知らない者はいないだろう。

だが最近では、お札に使用された誰もが知っている聖徳太子の肖像画が実は、本人の顔ではないという説がでている。そして、今では聖徳太子の存在すらも疑われだしているのだ。このように、何かと謎の多い聖徳太子、一体どのような人物だったのだろうか？

■聖徳太子の超人伝説

聖徳太子（574年2月7日～622年4月8日）は、用明天皇の第二皇子として生を受ける。生まれた場所は宮中の馬小屋の前だったため厩戸皇子《うまやどのおうじ》と呼ばれていた。

馬小屋といえば、イエス・キリストも馬小屋で生まれている。そのため、聖徳太子はキリストの生まれ変わりだという説や、キリストの話が日本に伝来して聖徳太子の話になったという説もある。キリスト教が日本に入ってきたのは戦国時代と言われているが、それよりもずっと前の時代に、シルクロードを通って日本に伝来してきた可能性もある。聖徳太子のブレーンとして活躍した渡来人の秦河勝《はたのかわかつ》は景教（キリスト教）徒のユダヤ人であるという説もある。このことから、仏教を日本に本格的に広めた聖徳太子だが、キリスト教とも何らかの関わりがあっただろう。

さて、聖徳太子には不思議な力があったとされている。生まれてすぐに言葉を発し、幼少の頃にすでに国内外の学問を修め高僧の域に達した天才児だった。1度に10人の人の話を聞くことができ、馬に乗って空を飛び富士山の頂上に登ったという。14歳の時、物部氏との戦いにおいて仏教を奉ずる立場で蘇我氏の軍に加わっていた聖徳太子。木の枝を4本削って髪に差し「これは四天王である!」と叫んだ途端、矢が敵の総大将である物部守屋に当たって死んだ。これにより崇仏派の蘇我氏が勝利。そして聖徳太子の手によって仏教が日本へと徐々にと広められていくことになった。

さらに、聖徳太子には未来を予言する能力まであったのだ。

『日本書紀』の巻の二十二には、太子が「兼知未然」と記されてある。未然は未来と同義語。つまり、聖徳太子には未来を示す予知能力があったことを日本の正式な歴史書が証明しているのだ。

では……聖徳太子が残した予言とは、いったいどのようなものであったのだろうか?

■幻の聖徳太子の予言

『日本書紀』では、太子が予言者であったこと以外に、具体的な予言の内容までは書かれていない。これは、太子の死後、時の権力者によって自分に都合の悪い部分やあまりにも怖ろしい記述に関しては、バッサリ削ったためだといわれている。

ただ、日本仏法では、伏伝（最高の秘密の言い伝え）として、古い寺などで聖徳太子の予言がこっそりと伝えられているそうで、太子が、「聖書のハルマゲドン以上の怖ろしいことが起こる」という予言をしたといわれている。

そして、太子が残した幻の予言書に『未来記』というものがあるのだが、文書としてはっきりと形が残っていない。『未来記』を元本とし、大きく影響されて書かれたと思われるものに『未然本記』というものは存在する。しかし、聖徳太子の『未来記』『太子の予言』と呼ばれてきたものは、歴史上の人物の伝承や古文書のなかにポツリポツリと現れる程度である。

『太平記』によると、鎌倉時代から南北朝時代まで活躍した武将、楠木正成は、四天王寺で『未来記』を見たと記されてある。そこには、楠正成率いる軍勢が勝利し、鎌倉幕府が倒れ、後醍醐天皇が復帰する旨が書かれてあった。それを見て楠正成は己の天命を悟ったという。その後、実際に後醍醐天皇、足利尊氏や新田義貞らとともに鎌倉幕府を倒したのだった……。

「私はまもなく死ぬし、子孫は一人も残らない」聖徳太子は自らの悲劇的な運命も予言していた。太子は病死とされているが、蘇我入鹿に暗殺されたともいわれている。太子の死後、一族は入鹿軍に囲まれた。

太子の「争ってはならぬ」という遺言を守り、集団自決をしたのである。その悲劇のあった場所は、五重の塔の近く。一説によると法隆寺は、一族もろとも残虐に滅ぼされた聖徳太子の怨霊を封じ込める場所だともいわれている。

■聖徳太子が残した人類滅亡の予言

聖徳太子は25歳の時、人類の終末とも言える重大な予言を残している。

「私の死後二百年以内に、一人の聖皇がここに都を作る。そこはかつてない壮麗な都になり戦乱を十回浴びても、それを越えて栄え、千年の間都として栄える。しかし一千年の時が満ちれば、黒龍（黒船）が来るため、都は東に移される」

794年に桓武天皇により定められた「平安京」。約1000年の永きに渡って日本の首都であったが、黒船の来航により明治維新が起こり、首都は東京へ移される。

「それから二百年過ぎた頃、クハンダが来るため、その東の都は親と七人の子供のように分かれるだろう……」

「クハンダ」とは仏教用語で「末世に現れる悪鬼」のことである。真っ黒く汚れた禍々しい存在で、人の肉体も精神も真っ黒に汚してしまう性質を持っている。

「クハンダ」の正体は、隕石の来襲、核攻撃、福島原発から出てくる放射性物質などいろいろ考えられる。

しかし今、最も可能性が高いのが、富士噴火でなかろうか？　河口湖の水位低下、箱根山の地震など、富士山周辺では、相次ぐ不気味な前兆現象で騒がれている。

実際に富士山が噴火すれば、大量の火山灰が東京にも降り注ぐ。火山灰は首都機能を完全に麻痺させるだけでなく、人体に深刻な健康被害をもたらすのである。当然、東京は壊滅するので、首都機能も八箇所に分断されることになる可能性がある。

聖徳太子には、東京に真っ黒に降り注ぐ「火山灰」（クハンダ）のヴィジョンが視えていたのだろうか……？

さらに、我々が救われるヒントは聖徳太子の「十七条の憲法」の第一条に記されている。「和を以て貴しとなす」つまり、「人と争わず仲良くし、調和していくことが最も大事」ということだが、人類は戦争を起こし殺し合い、物欲に走り、次第に心の平安を失っていった……。

では、聖徳太子が予言した運命の時は、いつなのか？　それは、お釈迦様の亡くなった日から数えて二千五百年後。釈迦入滅の日は諸説あるが、欧米の学者の計算によれば、ＢＣ４８３年、４８４年、４８７年、５００年となっている。一番早い運命の時は２０００年であるが、これはもうとっくに過ぎてしまっている。次に来るのは、２０１３年、２０１６年、遅くとも２０１７年には破滅の時がやって来ることとなる……。

聖徳太子の目には、「日没する日本」の未来のヴィジョンが視えていたのかもしれない。

（白神じゅりこ）

※　参考文献　『聖徳太子「未来記」の秘予言―１９９６年世界の大乱　２０００年の超変革、２０１７年日本は（プレイブックス）』（青春出版社）五島勉

共鳴＝君が代の秘密

Ａｉ

『共鳴＝君が代の秘密』について、日の本の太陽神からとても重要なメッセージが届きましたので、日の本のアセンション・ライトワーカーの皆さまにお伝えしたいと思います！！！

それは、中今最新であり、そして究極の核心であり、本来であるものです！！！

中今最新であるという意味は、今、初めて、そしてようやく、地上の日の本のアセンション・ライトワーカー＝根源の神人のひな形＆候補の皆さんが、それを真に統合できる時が来た！！！　ということなのです！！！！！！！！！

〈共鳴〉――それは、人と人との共鳴。ハートの共鳴。魂の共鳴。エネルギーの共鳴。愛の共鳴という感じで、皆さんもいつも体験していることであり、大切なことであると感じていると思います。

その「共鳴」を図で表すと、次のようなものとなります。

これは無限大のマークであり、メビウス（始まりも終わりもない）ですね。

一人対一人で、人と共鳴する場合の分かりやすい解説の図が、次の頁のものとなります。

これがまさに一番シンプルに、分かりやすく、「共鳴」のエネルギーを表していると思います。そして！！！　まさにこの図に、とてもたくさんの重要な秘密が隠されているのです！！！！！！！！！

まずはこの図の形そのもの。そして意味。〈無限〉〈無限大〉である、ということです！！！！！！！

共鳴イコール、なぜ〈無限大〉なのか！！！？？？

そこに重要な秘密が隠されています！！！！！！！！

それはまず、第五章に少し出てきたE＝ｍｃ２とも関係しています。

第五章に書きましたように、高次は、E＝ｍｃ２だと言っています。（そしてｍｃ２とは、地上セルフに、すべて（根源の光）を統合することであり、その【共鳴】であると！！！）

宇宙連合も、光のエネルギー＆速度は、真には『無限大』である！！！　と言っています！！！

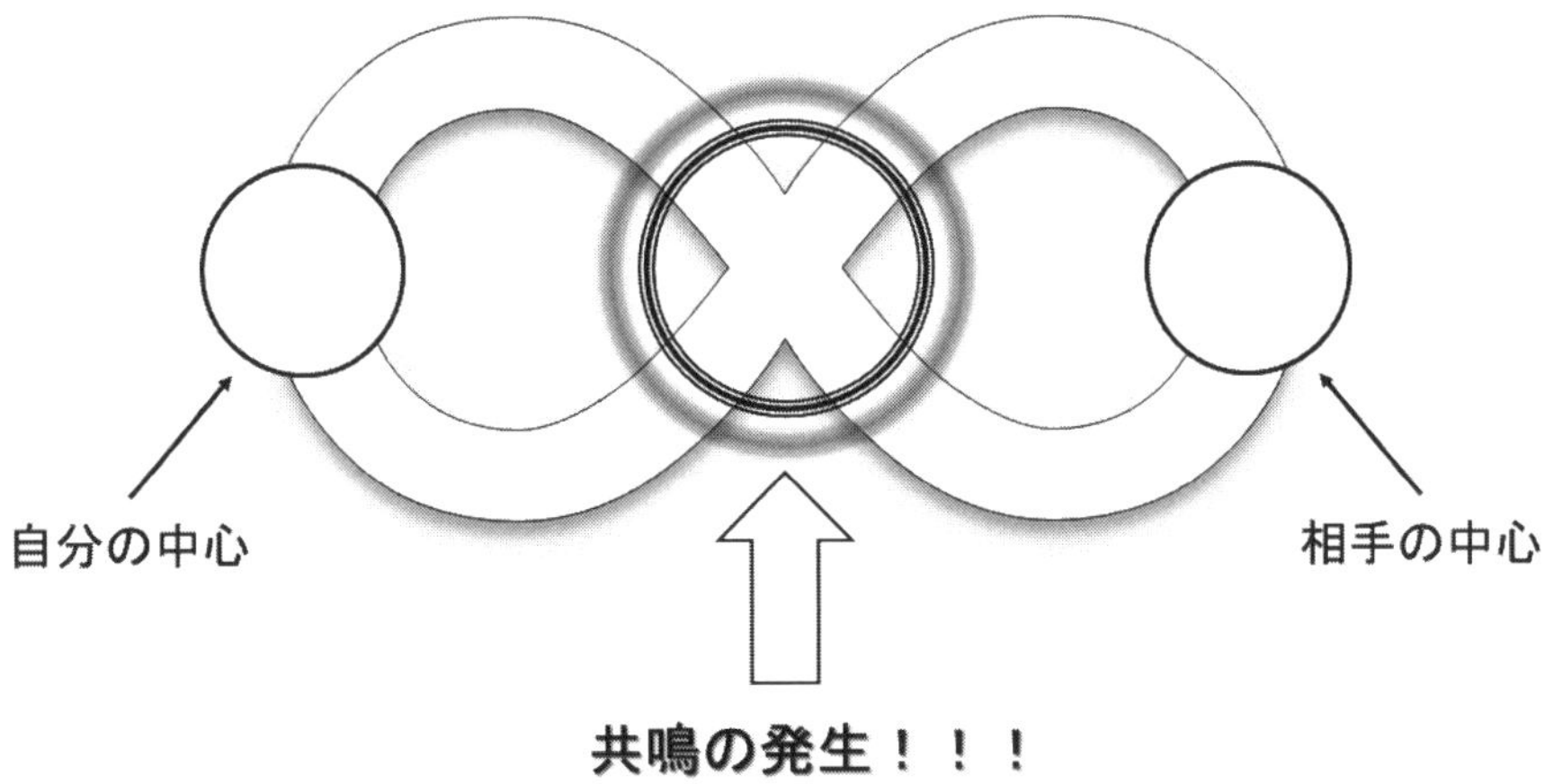
自分の中心
相手の中心
共鳴の発生！！！

ゆえに、さらにシンプルにしますと、二乗も必要なく、E＝Cなのです！！！！！！
真のエネルギー。すべてのエネルギーとは、『無限大』の！！！　光であり、すべての根源の光なのです！
では、無限大のマークと、E＝C（無限大の光）、そして共鳴＝君が代とは、どのように関係していくのでしょうか！！！？？？

先ほども述べましたように、【共鳴】とは、人と人、ハートとハート、魂と魂、エネルギーとエネルギー、愛と愛の共鳴という感じだと思います。

そして実は、真の【共鳴】とは、日戸《ひと》と日戸《ひと》の、《核心》。〈核〉と〈核〉で起こるのです！！！

その〈核〉とは、皆さんが感動した時などに感じる「ウルウル」の核心です！！！

魂の核心、愛と光の核心です！！！！！！！！
（それを地球神のポータルの白鬚仙人様は、『命の響き』と呼んでいます）
それが先ほどの、無限大のマーク、メビウスの状態なのです。

そして、『共鳴＝君が代』の秘密とは！！！！！！！！！

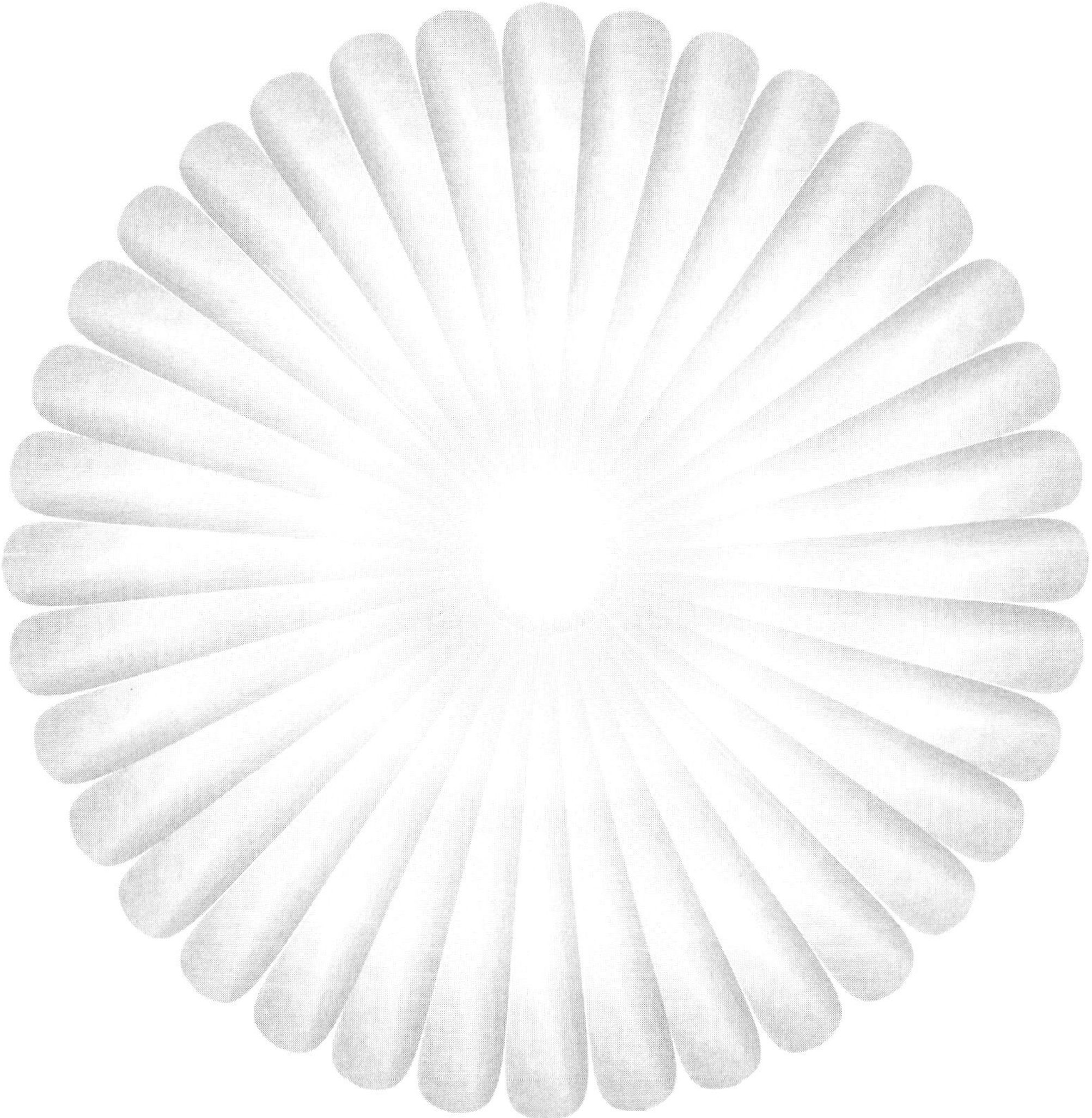

――――この【共鳴】=命の響きが、無限に響き渡り、鳴り渡っていくことを表しているのです！！！！！！

つまり！！！

ひとつの共鳴=二人の共鳴=無限大のマークが、いくつも、いくつも増えて、共鳴していくと、どんどん、どんどん……！！！！！！

（＊スピログラフというのを、皆さんご存知だと思います。円形の定規の中に、小さな円盤を入れて、渦巻き状に空いた小さな穴に、鉛筆やボールペンを入れて、クルクル描いていくと……！！！　なんとも不思議で美しい、花のような図形になっていく！！！
それを思い出してみてください！！！）

――――同心円で、無限大のマーク=共鳴が、いくつも重なっていくと……！！！！！！

なんと！！！　そこには菊のような花が出現していきます！！！！！

――――それがまさに、『君が代』そのものなのです！！！！！！

無限の命の響き。無限の愛。無限の光の共鳴！！！！！！！！！！

そしてこの無限大のマークは、８の字でもあり、ここにも秘密があります。

８という数霊、八次元とは、『太陽』を表す基本の数です。

我々のアカデミーでは、日の本の太陽神天照の基本的な学びの時に、「3・5・8」と言っています。
３＝３Ｄは地上と地上セルフを表します。グラウディングと、地上セルフへの統合です。
５＝５Ｄとは、『魂』を表します。
そして８＝８Ｄとは、太陽神界、コーザル体を表します。

ゆえに、真の共鳴、命の響き、君が代の響き、無限大の光の発動には、最低でもこの「8」（８Ｄ）のエネルギーが必要となる、ということなのです！！！！！！

それがまさに、日の本＝太陽の民、日の本の神人、黄金人類なのです！！！！！！

無限の愛と光＝命の響き＝君が代のエネルギーが、無限に、無限に共鳴し、日の本の中心から拡大していく時に！！！！！！！！！

真の日の本のエネルギーとミッションが表に現れ、根源のアセンション・プロジェクトが始動し！！！　日の本という『天鳥船』の浮上が始まり、地球と太陽系の最終アセンションが始まるでしょう！！！！！！！！！！

＊＊＊＊＊＊＊＊＊

※以上の「共鳴」の話と深く関係する重要な内容が、白峰先生の「地球維新　黄金神起（黄金伝説　封印解除）」（明窓出版）の本の三一四頁【宇宙意識との会話】に書かれていますので、ぜひ読んでいただくとよいと思います。

＊＊＊＊＊＊＊＊＊

最後に、白峰先生の「地球一切を救うヴィジョン」（徳間書店）（巻末の資料２）より、白峰先生のご了解を得て、「『君が代』にこめられた宇宙の真理」を添付させていただきます。

「『君が代』にこめられた宇宙の真理」

『君が代は　千代に八千代に　さざれ石の巌となりて　苔のむすまで』

この歌は、宇宙絶対神の最高表現・天照大御神の御姿を表現しているのです。

天照大御神の御姿は、即ち光明遍照の『日の本の国』なのです。

それ故にこの歌には、天照大御神を顕現する偉大なる力があるのです。

最高理想の世界『日の本の国』を現実化する、尊厳無比の『祈り言葉』なのです。

従ってこの歌は、島国日本の国歌では無いのです。島国日本の私物化できるものでは無いのです。宇宙全体の共有財産・最高の宝なのです。

『君』とは、『極身・キミ』であり、宇宙絶対神のことです。

『代』とは、一瞬一瞬新たに、移り代わり・置き代わるという意味で、絶対神の現れである『宇宙・世界』のことです。

『千』とは、数多くの・無限のという意味です。

『八』とは『イヤ』であり、無限の神展・拡大の意味です。

従って絶対神の現れである宇宙・世界というのは、無限の宇宙を無限に組み合わせた、重層構造の荘厳無比の宇宙・世界なのです。

本当の自分・本心の自分というのは、宇宙絶対統一神・天照大御神から、新たなる全徳の無限の無限の輝きを感受して、常に無限に無限に輝いている自分です。

その本心の自分と比較すれば、魂の自分も肉体の自分も、全く無に等しい存在なのです。

その無限に無限に輝いた本心の自分も、天照大御神と比較すれば、全く無に等しい存在なのです。

無限の人に対して、永遠無窮に、新たなる全徳の無限の無限の輝きを与え続けることのできる、宇宙絶対統一神・天照大御神は筆舌を超えて無限に無限に無限に偉大な存在です。

『さざれ石の巌となりて』というのは、本心の一人ひとりが個性を発揮しながらも、自分のすべてを天照大御神に捧げ尽くして、完全に天照大御神と一体化していることを示しているのです。

元始より本心の自分は天照大御神と一体なのです。今更改めて一体化するのではないのです。

真に本心の自分は、天照大御神の血となり、肉となっているのです。

天照大御神の玉体は、無限の無限の「個性ある輝き」をもった最高の宝石を、無限に無限に組み合わせて、一大統一された宝石・巌（一大連珠）なのです。

『苔のむすまで』というのは、生命・いのちの輝いた状態であるという意味です。

いのち・生命ほど、尊いものはないのです。

天照大御神は、宇宙大生命・いのちの本源なのです。

常に生き生きと喜びを表現し、常に活き活きと躍動しているのです。

それは即ち全徳の無限の無限の輝きなのです。

『徳』というのは、直心《じきしん》を行ずる、直霊《なおひ》の働き、絶対神の根源の働きという意味です。

無限億万分の一秒という一瞬一瞬の刹那に、新たなる善徳の無限の無限の輝きをもって、『天照大御神』荘厳無比・尊厳無比の全大宇宙が常に常に新生しているのです。

『君が代』は、天照大御神の『御稜威・ミイズ』を讃える歌です。

おわりに

二〇一六年の二月は、本当に、これまでのすべての宇宙史の終わりと、そして同時に、新たなすべての本当の始まりを感じました！！！！！

根源の岩戸開きの、真の始まり！！！

根源の神人の、真の始まり！！！！！

それらは今始まったばかりですが、真に始まったのです！！！！！

特に二月十一日からは、アクエリアスの始動としても、一日の動きが百億年分くらいに感じるほどです！！！！！（十日で一〇〇〇億年分！！？）

それくらいでないと間に合わない！！！ということでもありますし、実際に、地上で学ぶ意味と密度は、それくらいあると言われます。

そしてアクエリアス（水瓶座の時代）の始動。アクエリアスは、二〇一六年から本格的に始動と言われています。過去二〇〇〇年間の魚座の時代は、物質性、男性性の時代と言われ、それに対して水瓶座の時代へのシフトとは、精神性、女性性の時代と言われます。

本書でお伝えしてきた動きも、まさにそうだと思います。

そして、ＹＡＰ遺伝子の重要性について最近話題となっていますが、実はアクエリアスの時代のＴｏｐ＆Ｃｏｒｅでは、「ミトコンドリア・イブ」が重要となります！！！

ミトコンドリア・イブとは、人類の進化に関する学説において、「すべての人類は、母系をすべてたどっていくと、約十二万～二十万年前の一人の女性に遡る」「このミトコンドリアＤＮＡは、女性から女性へしか受け継がれない」というものです。

そしてすべての人類は、女性（母）から生まれる！！！

実は私も宇宙連合から、十年くらい前に、なんと宇宙連合のスーパーコンピューターで！！！　そのＤＮＡの設計図を観せてもらったことがありました！！！

現在の地上ではあまり知られていませんが、文化人類学などの研究では、古代の環太平洋、ミクロネシアなどでは、母系、女性が中心の社会であり、平和であったと言われています。

女性は生命を生み育てる母ですので、戦争をせず、平和な社会になるとのことです。

実はこの日本も同様であり、本来の日本も、先史時代から平安時代までは母系社会の伝統が強く、男性が女性の家に通う、女性の家に同居するという形の婚姻が通常でした。

(それが本来の縄文意識なのではないかと思われます。生命を尊び、生命と一体となった生活。これが魚座の男性性、物質性の時代に、その良き所が消されていった感があります)

そして中今から未来へ向かって。真のアクエリアスとは！！！　霊性の時代であり、アセンションそのもの！！！　地上的な男性、女性の話ではなく、霊的な、エネルギー性としての男性性・女性性の統合の時代であると思います。

そして宇宙連合、高次のすべての連合が、何十年も前から地球人類に伝えていることは一貫しています。地球がひとつ＝ワンネスになった時に、正式に、開星となり、公式コンタクトとなる。

そして高次の宇宙連合に加盟することができ、そのすべてのサポートを受けることができると！！！！！！！！

それは三次元的に、具体的に分かりやすく言うと、地球がひとつの政府となった時です。

(どんな政府とか、◎◎主義でないとだめだとかいう条件はありません)

ただ、「地球がひとつ＝ワンネスになった時」という条件のみです！！！！

しかし、皆さんが心に描くその方向性は、だいたい共通しているのではないでしょうか！！！

それが重要であり、宇宙の進化の法則とつながっていくものであると思います。
ただ単に、地球がひとつになっていないと、代表も分からず、コンタクトできないという理由だけではないと思います。

そして、最も重要だと思うことは！！！　それは、実際に、今すぐにでも可能である、ということなのです！！！！！

何か特別な未来の技術が必要だということではありません！！！

それは皆さんも、本当は分かっていることだと思います。ただ、誰かがやってくれるのではないか？
……などと、漠然と思っているのではないかと思います。

実際に、何十年も前から（真には古代から）その動きがあるということを知っている人も多いと思います。

陰謀論的な妨害もあるとは思いますが、宇宙連合もよく言っているように、「あらゆるすべての地上の現実は、皆さんが、自分たちに許してしまっている」と！！！
誰かがやってくれるだろうではなく、やるのは自分たちなのです。
それが地球維新だと思います。

これまでのすべての拙著で、そして本書でお伝えしてきましたように、中今のすべての状況を統合すると、すべてのＴｏｐ＆Ｃｏｒｅは、たったひとつ。
中今、すべてのエネルギーを向けるべきことは、たったひとつです！！！！！

それが、根源へのアセンション！！！　究極のアセンション。
これまでの、すべての、そして一人ひとりの宇宙史を統合し、新たなアセンション宇宙のステージへの旅立ち。シフト。
それがすなわち、ここの宇宙の目的であり、地球の目的であり、宇宙の絶対的な大法則。
ゆえに、それはこの地上でのみ統合できることであり、地上で行うということは、『神人』になる、ということなのです！！！！！！

そしてそれこそが、古来より預言されてきた、根源のアセンション・プロジェクト！！！

すべてを次元上昇させることができる、唯一最大の希望なのです！！！！！

――宇宙＆高次連合によりますと、もし地球がワンネスとなり、公式に開星したとしても、地球人類すべてのアセンションを、早急に、明確にサポートするためには、地球人二〜三人に対して一人くらいの、アセンションのファシリテーターが必要になると言っています。

そして実際に、高次の宇宙社会もそうなっています。トータルで、すべてが、「スピリチュアル・ハイラーキー」となっているのです。

すなわち、意識の霊的進化＝アセンションのレベルにより、指導者＝マスターとなる、セントラルサン・システム。

アセンションが進むほど、エネルギーも観えるようになりますから、一目瞭然です。

そして神界は、これまでの宇宙史のアセンションの成果として、次の新宇宙は、まさに超古代から預言されてきた、「弥勒の世」になると言っています。

『神聖太陽皇国』となるだろう、と！！！！！！！！！

――以上のように、中今の超プライオリティは、根源のアセンション・プロジェクト！！！　神人プロジェクト！！！　すなわち弥勒の世をつくるプロジェクト！！！

そしてその希望も、第一歩ですが、明確に観えてきたのです！！！！！！！

ぜひ本書をお読みの皆さまと、それをますますともに進めていきたいと願っています！！！！！！！

——それが最優先ですが、もしまだ少しでも地上の時間が残されているならば、本来、地球人がやるべきことを、できる限りどしどし進めていきたいと思います！！！！！！！

前述のように、地球のワンネスもしかり。そして、地球環境問題も同様です。

すべての地球の、地上の問題は、何か特別な未来の技術が必要なのではなく、明確に、現在の地球人類の、愛と意志と叡智で解決できるものなのです！！！！！！！

富や食料の不均衡、戦争と平和、大量生産と大量廃棄の文明、そして環境汚染と環境破壊も同様です。

そのためには、地球と調和し、かつ生命の大法則であるアセンションを進めていける文明のひな形を創っていく必要があります。

そして、愛でひとつになる地球を、ともに創っていく必要があります。

すべての高次も言っています。宇宙には、真にはたったひとつの法＝法則しかないと。

それは、**愛**！！！！！！！！！！

志を同じくし、ご協力やコ・クリエーションをいただける皆さまをお待ちしています！！！！！！！！！

＊＊＊＊＊＊＊＊＊＊

日本《ひのもと》の　日戸《ひと》の八十鈴《やそすず》　鳴り成りて

新しき大日本《おおやまと》に　神代来たらん

根源天照皇太神

（意訳）

いよいよ、根源神界が待ちに待った、根源の神人の誕生が始まった！
日の本の、日戸《ひと》の核心＝愛＝命の響きが、いよいよ共鳴し、どんどん増幅して、いま、創始の、そして中今最新の、そして根源の、真の太陽皇国が始まろうとしている！！！！！！！！

＊＊＊＊＊＊＊

最初の前著『天の岩戸開き』から始まった、一連の、スーパーアセンション・シリーズ！！！！！ それが本書により、大団円で、第一弾の完結となります！！！！！！
すべては始まったばかりですが、真の、新の始まりです！！！！！！

これまでの緊急スーパーアセンション・シリーズは、緊急出版という感じでしたが、もしまだ地上の時間があれば、地上の時間がある限り、今後のアカシックとして、次は、一般の人の誰もが開くことのできるアセンションの扉（＊本来は皆そうなのですが！）について、誰もが、できる限り理解できるように、詳しく、分かりやすくしたものを創っていきたいと思います！！！

それは、皆のアセンションとライトワークを進めている、アセンション・ファシリテーターたちにも必要で、活用していただけるものとなると思います！！！！！！！！

（未来のアセンション文明の研究も、進めていきたいですね！！！）

ｓ宇宙のすべての神界、高次と地上のアセンション・ライトワーカー、明窓出版の麻生社長、そして地球神、白峰先生、マスターメタックス千天の白峰博士、謎の白鬚仙人様、そしてすべての読者の皆さまに、心からの愛と感謝をお贈りしたいと思います。

そして、愛と光のアセンション＆ライトワークの中で、読者の皆さまにお会いできることを、心から楽しみにしています！！！！！！！！！！！！

根源の無限の愛と光とともに

∞ ＬＯＶＥ Ａｉ

◎著者プロフィール◎

アセンション・ファシリテーター

Ａｉ（あい）

高次と地上の愛と光のアセンション・アカデミーとライトワーカー家族
ＮＭＣＡＡ (New Macro Cosmos Ascension Academy)
アセンション・アカデミー本部、メイン・ファシリテーター。
高次と地上の、愛と光のアセンション・ライトワーカー家族とともに、
日々、たくさんの愛と光のライトワーカーと、そのファシリテーター
（アセンションのインストラクター）を創出している。
主な著書は『天の岩戸開き―アセンション・スターゲイト』、
『地球維神』、『愛の使者』、『クリスタル・プロジェクト』、
『根源へのアセンション Ⅰ、Ⅱ』『皇人（すめらびと）Ⅰ、Ⅱ』
（共に明窓出版）等。

◎ＮＭＣＡＡアセンション・アカデミー本部への
ご参加希望等のお問い合わせは、下記のホームページをご覧の上、
Ｅメールでお送りください。
ＮＭＣＡＡ 本部公式ホームページ http://nmcaa.jp

◎パソコンをお持ちでない方は、下記へ資料請求のお葉書を御送りください。
〒６６３－８７９９
日本郵便　西宮東支局留　ＮＭＣＡＡ本部事務局宛
ＮＭＣＡＡ　本部公式ブログ　http://blog-nmcaa.jp
ＮＭＣＡＡ　本部公式ツイッター　http://twitter.com/nmcaa
☆ｍｉｘｉ『アセンション Cafe Japan』http://mixi.jp/view_community.pl?id=6051750

根源《こんげん》の岩戸開《いわとひら》き

アセンション・ファシリテーター　Ai《アイ》著

明窓出版

平成二十八年八月二十日初刷発行
発行者 —— 麻生真澄
発行所 —— 明窓出版株式会社
〒一六四—〇〇一二
東京都中野区本町六—二七—一三
電話　(〇三) 三三八〇—八三〇三
FAX　(〇三) 三三八〇—六四二四
振替　〇〇一六〇—一—一九二七六六
印刷所 —— シナノ印刷株式会社
落丁・乱丁はお取り替えいたします。
定価はカバーに表示してあります。

ISBN978-4-89634-365-6
ホームページ http://meisou.com

マスターメタックス千天の白峰博士寄贈